DREAMBOOKS★

ORIENTAL FANTASY STORY & ADVENTURE

마
검
왕 34

dream
books
드림북스

마검왕 34(완결) 틀

초판 1쇄 인쇄 / 2017년 1월 11일
초판 1쇄 발행 / 2017년 1월 25일

지은이 / 나민채

발행인 / 오영배
책임편집 / 편집부
펴낸 곳 / (주)삼양출판사 · 드림북스

주소 / 서울시 강북구 도봉로 173
대표 전화 / 02-980-2112 팩스 / 02-983-0660
편집부 전화 / 02-980-2116 팩스 / 02-983-8201
블로그 / blog.naver.com/dreambookss

등록번호 / 제9-00046호
등록일자 / 1999년 3월 11일

값 8,000원

ISBN 979-11-283-9039-5 (04810) / 978-89-542-3036-0 (세트)

* 지은이와 협의하에 인지는 생략합니다.
* 잘못된 책은 구입한 곳에서 바꾸어 드립니다.

이 도서의 국립중앙도서관 출판시도서목록(CIP)은 서지정보유통지원시스템홈페이지
(http://seoji.nl.go.kr)와 국가자료공동목록시스템(http://www.nl.go.kr/kolisnet)에서
이용하실 수 있습니다. (CIP제어번호: 2017000954)

마검
왕

나민채 퓨전무협 장편소설

ORIENTAL FANTASY STORY & ADVENTURE

34

틀

dream
books
드림북스

목차

제1장

무한(無限) 안에서

"기다렸어."

그것이 라쿠아의 첫 마디였다.

"감히!"

존마교의 장로, 위타르의 서늘한 안광이 바로 라쿠아에게 향했다.

위타르에게 라쿠아는 사절단에 왜 속해 있는지 모를, 어린 소녀에 불과했다. 그러나 위타르야말로, 라쿠아의 신비함을 죽을 때까지 알 수 없을 것이다.

한순간이었다. 인세에서는 그 무엇도 인식할 수 없는 짧은 시간이었다.

숫!

라쿠아의 품에 소중히 안겨있던 모래시계가 공간을 넘어 내 손아귀로 이동되었다. 모래시계의 차가운 유리면과 손바닥이 맞닿던 그 순간, 내 심장은 다시 크게 한번 요동쳤다.

흘러온 시간들, 그 안의 끔찍한 재앙들을 모두 무(無)로 돌려 버릴 수 있을지도 모를 기물.

그것이 지금 내 수중으로 들어왔다.

그때 내가 모래시계를 빼앗은 걸 확인한 흑천마검이 라쿠아를 향해 쏜살같이 날아가는 게 느껴졌다. 살기를 머금고 뻗어진 흑천마검의 긴 손톱이 정확히 라쿠아의 미간에서 멈춘 것 같았다.

모래시계의 유리면에 비친 그쪽의 광경.

둘의 키 차이는 너무도 현격해서, 흑천마검이 아래를 가리키는 꼴이었다.

"일단 죽여 놓자. 허튼소리 지껄이기 전에."

흑천마검의 목소리에 철천(徹天)의 원한이 담겼다.

그런데 라쿠아는 태평하기만 했다.

마치 흑천마검이 보이지 않는 듯, 그리고 모래시계를 빼앗기지 않은 듯.

걸어 들어오던 직전의 호흡에서 조금도 변하지 않았다.

그런 라쿠아의 태도가 흑천마검을 더욱 분노하게 만들고 있는 듯했다.

한편, 눈동자만 굴리다가 정신을 잃고 쓰러지는 위타르의 모습도 모래시계의 유리면에 비쳤다.

"애송아!"

흑천마검이 내게 라쿠아의 죽음을 강력하게 요구했다.

그럼에도 불구하고 내게서 어떤 대답도 들려오지 않자, 흑천마검은 극한의 시간대로 진입했다.

"모래시계를 쓰는 것은. 곧 인과율의 가랑이 사이를 자청해 기는 것과 다르지 않음이다."

흑천마검의 목소리가 바로 앞에서 들렸다. 말을 내뱉는 속도도 평상시보다 훨씬 빨랐다.

"뿐만이냐. 우리가 백운과 박쥐 놈을 잡지 못하도록 하려는 술수임에 틀림없다. 백운과 박쥐 놈을 사전에 빼돌려 둔 것도 바로 놈일 터!"

나는 모래시계에서 시선을 떼지 않은 채 조용히 중얼거리듯 말했다.

"넌 우리들의 시공에서도 이게 작용할 거라고 생각하는군."

"그렇지 않고서야 네놈 앞에 가져다 놓을 이유가 없지! 뺏길 걸 몰랐을 것 같으냐. 알고도 가져온 것이다. 네놈을 굴복시키려고."

그렇겠지.

나는 모래시계를 쥔 이후로, 처음으로 고개를 들었다. 흑천마검의 안절부절못하고 있는 표정이 시선 안에 가득 차 들어왔다.

녀석이 목소리뿐만 아니라, 두 눈으로도 끊임없이 말하고 있었다.

안 돼. 넘어가지 마라. 현혹되지 마라.

간절했다.

"시공의 뿌리가 같기 때문일까. 그래서 작용하는 것인가."

"알게 뭐야."

맞다. 모래시계의 원리 따윈 중요하지 않다. 중요한 건 화마에 사그라진 십만 교도들을 다시 되살릴 수 있는 기회가 바로 눈앞에 놓여있다는 것뿐.

뿐만 아니라, 옛날의 칼리프가 그러했듯이 시간을 무수히 되돌릴 수 있는 능력으로 교국은 온갖 과오를 피해갈 수 있을 것이다.

지금 교도들에게 필요한 건 자연체에 이른 어떤 힘보다 바로 이런 것이다.

나는 절대 할 수 없는…….

나는 거기까지 생각하다가 흑천마검의 눈앞으로 모래시계를 내밀었다. 물론 모래시계를 쥐고 있는 손만큼은 바들바들 떨렸다.

　인격(人格)이 분열될 것만 같던 순간이었다. 모래시계를 쓰려는 나와 이를 거부하는 나.

　"마음 바뀌기 전에 어서."

　내가 말했다.

　나와 모래시계를 번갈아 쳐다보는 녀석의 입에서 놀란 목소리도 함께 튀어나왔다.

　"애송이 너……."

　나는 모래시계에서 아예 눈길을 돌려버렸다. 직접 보이지는 않지만, 흑천마검이 아가리를 쩍 벌리는 광경이 눈앞에 선했다.

　"어서 삼켜라!"

　나는 울부짖듯 외쳤다.

＊　　　＊　　　＊

　다시 시선을 돌렸을 때, 모래시계는 흑천마검의 아가리 속으로 들어가 있었다. 흑천마검의 눈과 코 그리고 귀 등의 온갖 구멍에서 금빛 현란한 빛무리가 새어 나오는 중이었다.

"크. 크크크큭!"

흑천마검은 나와 눈을 마주치자마자, 광기에 휩싸인 눈웃음을 말아 감았다.

심지어는 가족들의 세상에서 본 것이 있어서였는지, 엄지손가락을 치켜세웠다.

엄청난 힘일 것이다.

완전한 것과 불완전한 것의 차이는 격이 다르다.

일전에 흑천마검이 삼켰던 드래곤은 한 조각이 모자란 불완전한 것이었지만, 지금의 것은 아니다.

완전한 인과율의 현신이다.

폭주하는 게 아닌가 싶을 엄청난 힘이 흑천마검의 목구멍을 넘고 있었다.

사방이 빠르게 금빛으로 물들어 나갔다. 라쿠아도 그 안에 있었다. 무슨 일이 벌어지고 있는지 전혀 모를 그녀는, 멍청한 미소로 이쪽을 처음 그대로 바라보고 있는 중이기도 했다.

인과율은 큰 실수를 저질렀다.

나는 인과율의 잔혹한 유혹을 이겨냈으며, 전리품으로 그것의 힘을 온전히 보유하고 있는 모래시계를 얻어 흑천마검에게 넘겨주었다.

흑천마검이 완전한 인과율의 현신을 삼켜서 가공스러울 정도로 강해질 것이고, 그 힘으로 말미암아 인과율과의 싸움에서 어떤 해법을 얻을 수 있을지도 모른다.

그러나 나는 통쾌하거나, 쾌재를 부르짖고 싶은 마음이 조금도 들지 않았다.

약간의 기대를 걸 뿐이다.

흑천마검이 모래시계를 삼킨 힘에 인과(因果)를 다스릴 힘이 있어, 인과율이 앗아간 교도들을 다시 되살릴 수 있기를……

단언컨대 그 기대의 결과가 같다 하더라도, 내가 모래시계를 직접 쓰는 것과는 전혀 다른 차원의 일일 것이다.

인과율!

너는 내 앞에 모래시계를 내밀면 안 되는 것이었다. 빌어먹을…….

이윽고 라쿠아의 멍청한 모습이 금빛 광휘에 완전히 가려지는 순간이 왔다. 나는 흑천마검이 있는 정면 쪽으로 온 신경을 집중했다.

빛에 가려 잘 보이지 않았던 녀석의 모습이, 다시금 보이기 시작한다.

웅크리고 있었다. 양손으로 머리를 짓누르고 있었다. 그 예전에 인과율의 조각을 처음 삼켰을 때와 똑같이 말이다.

한 번에 어마어마한 힘이 들어왔으니, 당시의 통증보다 더한 고통이 밀려들고 있는 것으로 보인다.

그런데 뭐라 중얼거리는 중이었다. 목소리는 나오지 않고, 입술의 움직임도 금빛 빛무리에 가려져 뚜렷하지 않았다.

활(活)이다.

살다, 소생하다의 살 활(活)!

다시 태어난다는 것인가.

"크아아악!"

흑천마검의 괴성이 갑자기 터졌다. 웅크리고 있던 녀석의 전신도 쭉 펴지기 무섭게, 허리가 뒤로 확 꺾여버리는 것이었다.

환골탈태하기 위해.

그래서 감내해야 할 고통인 것 같았다.

그런데 이상한 일이다.

시간이 갈수록 흑천마검의 반응이 격해지고 있었다. 어느 순간부터 흑천마검은, 다시는 돌이켜 떠올리고 싶지 않은 옛날과 똑같은 비명을 지르고 있었다.

그날들 말이다. 특히 드래곤에게 당해, 녀석의 비명을 처음 듣던 그날과 똑같다.

묵은 껍질을 깨고 나오기 위해 이겨내야만 하는 그런 성질의 고통이 아니다.

절대 아니다!

"흑천마검!"

나는 황급히 외치며 흑천마검을 향해 몸을 던졌다. 거리를 막 좁혔던 그때, 녀석의 몸에서 뻗어 나왔던 광휘가 순간 사라졌다.

그러는 동시에 녀석이 바닥으로 쓰러졌다. 검형의 모습이었다.

바닥에 쓰러진 검신에는 황금빛 빛무리가 완전히 사라져 있었다.

녀석이 인과율의 조각을 삼켜서 잠시 공백기를 가져야만 했었던 예전과는, 단연코 달랐다. 그때는 쉬고 있는 녀석의 존재를 검신 안으로 느낄 수 있었다.

그저 녀석 고유의 묵광만이 검신을 따라 은은히 흐르고 있을 뿐이다.

"흑천마검!"

나는 몇 번이고 외쳤다. 음성으로 뿐만이 아니라 흑천마검의 뇌리 안으로도 사념을 밀어 넣으려던, 바로 그때였다.

녀석은 거기에 없었다.

아!

"……."

눈만 깜박거리는 시간들이 지나가기 시작했다. 믿을 수
없었다. 아니 믿고 싶지 않았다.

녀석의 본질(本質). 그러니까 반신으로서의 힘 자체는
고스란히 남아 있다.

하지만 녀석의 자아(自我)만큼은 흔적조차 없이 파괴된
상태였다.

"……."

나는 침묵했고.

"……."

또 침묵했다.

죽으면 안 돼.

그런 말 따위를 내뱉어서 녀석이 죽었다는 사실을 인정
할 수 없었다.

하지만 이렇듯 아무것도 보이지 않고 온몸만 바들바들
떨리고 마는 것은, 흑천마검의 죽음을 부정할 수 없기 때
문이리라.

너무나 갑자기였다. 라쿠아에게서 모래시계를 빼앗았
었던 때처럼, 흑천마검의 자아가 갑자기 파괴되었다.

왜.

오래전 기억 하나가 번뜩였다.

"더럽게 물들어 있는 게 있잖아요."

기억 속.

오염된 조각을 요구하던 라쿠아의 작은 손이 악령(惡靈)의 손아귀가 되어서, 백지장처럼 허예진 온 정신을 파고들었다.

그때 나는 더 흘릴 눈물 따위는 남아 있지도 않았다. 다시 눈을 부릅뜨며 정신을 차렸을 때, 내 눈은 너무도 말라 있었다. 그래서 거기에 머물러 있는 살기가 꺼칠꺼칠하게 느껴질 정도였다.

라쿠아의 목을 움켜잡는 순간에도, 검은 검에서 시선을 뗄 수가 없었다.

이 검은 반신의 권능이 깃들어있는 현신(現身)일 뿐이지, 흑천마검이 아니다.

내 친우 흑천마검은 조금 전에 죽었다.

모래시계와 똑같았다. 인과율의 현신으로서 지나온 인과들을 무(無)로 돌리는 공능만 깃들어 있을 뿐, 자아 따윈 없었다.

생명과 사유 능력을 지닌 게 아니어서, 그저 뛰어난 물건에 불과해졌다.

그동안 그렇게나 내 주변인을 지키고자 발악해 왔었지만, 정작 제일 지켜야 할 대상이 무엇인지 놓치고 있었던 것이다.

그 원통함이 온몸에 사무쳤다.

그러나 이빨이 딱딱 부딪치고 심장이 미친 듯이 뛰거나 하는 식은 아니었다. 가슴이 서늘하고 온몸이 저릿한 그대로 멈춰버린 것만 같았다.

그러던 문득.

내 손에 목이 쥐여 잡힌 라쿠아의 모습이 보였다.

"라쿠아."

극한의 시간대에서 빠져나왔다. 그러자 극한의 시간대 안에서 무리하게 움직였던 라쿠아의 여린 육신이 붕괴될 조짐을 바로 보였다.

라쿠아는 피를 토하며 축 늘어졌는데, 나는 그런 라쿠아를 다시 살려 놓았다.

그녀가 내 손아귀 안에 들어와 있는 이상, 그녀의 죽고 사는 일은 전적으로 내 소관이다. 인과율이 아니라.

"네 신은 너를 구제하지 못한다. 말해라. 흑천마검을 되살리는 방법을."

그런 방법이 있어야만 한다. 아직은 절망할 때가 아니다.

나는 라쿠아의 숨통을 조금 열어 주었다. 그제야 그녀의 작은 발이 허공에서 동동거렸다. 입술도 열리면서 아주 작은 신음소리도 함께 나왔다.

그거면 됐다.

영생(永生)의 삶을 살며, 인과율의 사도로 살아가는 신비로운 존재라고는 하지만.

어디까지나 껍질은 인간의 육신 그대로다.

그녀의 기억이 흘러들어 오기 시작했다. 그것들로 말미암아 내력 또한 알 수 있을 것이다.

그런데 한 사람의 기억이 아니었다. 해일처럼 와락 덮쳐 들어오는 온갖 기억들은, 수많은 라쿠아들의 혼재된 기억이었다. 나는 라쿠아의 기억을 엿보는 것을 바로 중단할 수밖에 없었다.

영겁(永劫)의 세월을 겪으며 차츰차츰 나 자신을 잃어버리는 것과는 다른 문제였다.

쏟아지는 기억 중에는 일어나지 않은 일에 대한 기억까지 포함되어 있었다.

원인에 따른 결과.

마치 무한한 우주를 감히 들여다보는 것과 다르지 않게

도, 라쿠아의 기억은 수많은 경우의 수가 전부 다 깃들어 있었다.

그래서 무엇이 정말로 일어난 현실이고, 일어나지 않은 가상의 일이었는지 판단할 수 없을 지경이었다.

나는 라쿠아를 빤히 쳐다보았다.

이토록 연약한 소녀의 몸으로 존재하고 있으면서도, 그 안의 정신세계는 우주와 똑같았다.

그래서 과거의 기억까지 닿을 수가 없었다.

뚫고 들어가려 하면 지금에서 파생된 온갖 광경들이 바로 막아서며 들어온다. 명왕단천공이 뿜어냈던 이미지의 양과 속도는, 라쿠아가 만들어 내는 것에 결코 비할 바가 아니었다.

크크. 처음부터.

인과율은 이런 식으로 라쿠아의 과거의 기억들을 봉쇄해 놓았구나.

주먹이 풀어졌다.

라쿠아가 힘없이 떨어져서 켁켁거렸다. 그렇게 라쿠아 가 목을 매만지며 힘들어하는 광경 따위, 점점 희미해져 간다.

"흑천마검."

내가 따뜻하게 흘려보낸 목소리도 주변을 맴돌다 그냥

흩어진다.

나는 더 이상 존재하고 싶지 않았다.

어디에도 말이다.

지금을 도무지 견딜 수가 없었다.

십만의 교도를 잃고, 연달아 흑천마검을 잃은 지금이다.

하지만 자결이나 그 비슷한 일을 생각해서는 안 되는 이유들이 나를 더욱 고통스럽게 만들고 있는 지금이기도 했다.

나는 거죽뿐인 흑천마검을 다시 살폈다. 과연 모래시계를 삼켰던 힘은 남아 있었다. 시간을 무로 되돌릴 수 있는 힘 말이다.

어떤 무력(武力)이 아닌, 완전해진 존엄한 힘 말이다.

그렇다 하더라도 정말로 죽어버린 흑천마검이 되살아날 리는 없었다. 그렇기 때문에 인과율은 모래시계 따위를 내게 넘겨버린 것이겠지.

진짜 주인인 인과율의 전지전능함 앞에선, 조금도 쓸모없는 힘.

하하.

그것이 흑천마검이 사라진 자리에 남아 나를 비웃고 있었다.

인과율의 저의는 교도들이 죽은 사건들을 없던 것으로 하고, 자신에게 순응하여, 처음 정해진 목적대로 나아가라는 것일까.

그런데 정말 그것일까. 어떻게 해도 나는 굴복하지 않을 것인데?

흑천마검을 앗아간 놈에게 고개를 조아리는 일은 절대 없다.

그만 그만.

인과율이 매번 새롭게 다시 설정하는 큰 그림은 내가 추측할 수 있는 영역의 것이 아니다. 흑천마검을 죽인 방법만 해도 그랬다. 무엇도 추측할 수 없게 만드는 것으로, 놈의 위대함을 드러내고 있다.

놈 앞에서 선 나는, 한낱 미물에 지나지 않음을 가르치고 있는 것이다. 모래시계의 힘이 내 앞에 놓여 있는 것도 그러한 이유에서 이리라.

줄곧 그래왔다. 그렇게 내가 스스로 목숨을 끊기를 종용하고 있다.

"비스말라. 너무 힘들어 보여. 그분의 위대함을 시험하지 마. 이제 그만해. 위대한 신의 뜻에 순응해. 그렇게나 고통스러워하면서."

라쿠아의 목소리가 느릿하게 들려왔다. 나는 라쿠아를

빤히 쳐다보았다.

라쿠아는 위대한 어머니의 표정을 지으며 고개를 끄덕였다.

— 이제 그만 죽어.

그 순간, 라쿠아의 사념이 최고조로 강렬해졌다. 예전에 라쿠아가 말해왔던 순응과는 다른 의미의 순응이었다.

역시.

내가 인과율을 벗어난 시점에서 인과율은 나를 버리기로 한 것이었다.

과연, 그것만큼은 틀림없었다.

새삼스럽지는 않은…….

* * *

기억을 엿볼 수는 없었지만 느껴지는 사념이 있었다. 그래서 라쿠아의 다른 사념을 끌어내기 위해, 여러 가지 질문을 더 했었다.

하지만 그녀에게서 일어났던 강렬한 사념은 그것이 처음이자 마지막이었다.

그러던 문득, 남아있는 방법이 하나 더 있음을 깨달았다.

"계속 이상한 소리만 하는구나. 그런데 갑자기 뭘 하는 거니?"

라쿠아는 주변을 두리번거리다, 무뚝뚝해진 얼굴로 고개를 갸웃거렸다.

실내 곳곳으로 구궁(九宮)의 형상이 새겨지고 있던 때였다.

바람이 확 불었다.

라쿠아는 내 몸에서 불어져 나오는 기풍에 이기다 못해, 바닥을 기다시피 했다.

인과율의 사도로서 세상사에 달관한 그녀지만 그때만큼은 달랐다. 도망치듯 문이 있는 방향을 향해 있는 힘껏 발버둥 쳤다.

그러나 작은 소녀의 몸으로는 할 수 있는 게 아무것도 없었다.

천지만상대진이 완성되기까지, 라쿠아는 한 발자국도 이동하지 못했다. 발버둥 치고 있던 자리에서 진 속으로 빨려 들어갔다.

팟!

라쿠아는 연신 눈을 깜박거려 댔다.

구태여 진을 세밀하게 설정할 필요 따위 없었다.

인과율의 개입을 막기만 하면 되는 거라서, 이 새로운 세상은 광활한 대지만이 허상(虛像)으로 존재할 뿐이었다.

"이 무슨!"

라쿠아가 본색을 드러내기까지, 그렇게 오래 걸리지도 않았다.

라쿠아가 소리쳤다.

오래전 그날과 조금도 다름없는 똑같은 얼굴이었다.

라쿠아는 나를 찾기 위해 정말이지 바빴다. 여기저기 돌아다니고 사정없이 두리번거린다. 그러나 그녀는 절대 나를 볼 수 없다.

인과율의 사도이면서도, 인과율과 진짜로 마주할 수는 없었듯이 말이다.

인과율이 라쿠아의 과거의 기억들을 봉쇄해 놓은 방식도, 이 세상 안에서는 적용되지 않듯이 말이다.

"이 무슨 혐오스러운 짓이야!"

라쿠아가 분노를 터트렸을 때, 그녀의 기억을 파고들었다.

직전에 만들어진 방벽들만으로도 탄탄한 건 사실이었

다.

하지만 새롭게 만들어지는 기억들.

예컨대 일어나지도 않은, 무한한 경우의 수들이 여기에서는 만들어지지 않는다.

그렇기 때문에 과거 기억에 닿기까지는 시간문제다.

그녀의 정신세계는 거대 철물의 세계와 하등 다르지 않았다.

얼핏 보면 똑같지만, 아주 미세한 차이가 있는 기억들의 연속이었다.

똑같아 보이는 기억들을 되감아 나간다. 그러다 보면 조금씩이나마, 문득 새로운 시점에서 파생된 기억들과 마주하게 된다.

이윽고 라쿠아가 사절단에 속해 사막을 가로지르던 어느 시점까지 꿰뚫었다.

모래 알맹이 하나하나가, 일어나지도 않은 결과를 만들어내는 기억들.

거기까지 닿기까지도 참으로 긴 세월이 지난 것처럼 느껴졌다.

하지만 아직도 시작 단계에 지나지 않았다.

한참 멀었다.

나는 그녀의 전 일생을 꿰뚫어 볼 생각이다. 신비한 꺼풀을 전부 다 벗겨낼 것이다. 그 과정에서 인과율에 얽힌 비밀이 하나 없을까.

여기는 시간 따위의 개념을 설정해 두지 않은 새로운 세상.

내 스스로 약해지지만 않는다면, 언젠가는 가능한 일이다.

그런데 솔직히 말하자면 진짜 목적은 그게 아니었다. 흑천마검이 나를 고대의 중원으로 데려왔던 목적이 그랬 듯이, 지금 나에겐 몰입할 일거리가 필요하다.

흑천마검이 죽은 현실을 그 순간만큼은 잊을 수 있는 일거리들 말이다.

그렇게 긴 세월을 또 헤매는 동안, 어쩌면 나는 흑천마 검의 죽음을 받아들일 수 있을지도 모른다.

부디 그러길 빈다.

이대로 무너져버리기엔, 내게 남겨진 책임들이 너무나 크고 많다.

*　　　*　　　*

"라쿠아 님!"

제일 먼저 보이는 건 나를 내려다보고 있는 타리크의

얼굴이었다.

어느새 쭈글쭈글해진 그의 얼굴을 바로 앞에 두자니, 지금까지 나를 거쳐 갔던 수행(隨行) 수피들이 다 생각났다.

나는 그들이 태어나는 순간에도, 죽는 순간에도 함께 있어 왔다.

타리크는 여섯 번째 수행 수피다. 한데 그의 시간이 얼마 남지 않았다.

일곱 번째 수행 수피가 삼 일 후에 태어나기로 되어 있었다. 여섯 번째 수행 수피인 타리크가 위대한 신의 부름을 받아 그분의 곁으로 돌아간 직후에 말이다.

"라쿠아 님께선 이, 이런 적이 한 번도 없으셨습니다. 아시나요. 정신을 잃으셨어요."

나는 손을 뻗어 타리크의 뺨을 어루만졌다. 그러자 기다렸다는 듯이 타리크의 늙은 눈에서 눈물이 뚝 떨어졌다.

"돌아가시는 줄로만 알았습니다."

"위대한 신께서 부르신다면 기쁜 일이잖니. 그만 울고, 일으켜 줄래?"

타리크가 나를 조심스럽게 일으켜 주며 다시 물었다.

"정말 괜찮으세요?"

내가 왜 정신을 잃었냐고 묻는 것이었다.

그러게. 왜 정신을 잃었을까.

무슨 까닭에서인지 한 사람이 계속 생각났다.

그런데 정작 그자의 얼굴 생김새만큼은 희미하니 가물가물하기만 했다.

그자의 얼굴을 떠올리기 위해 노력하던 찰나였다.

혈마교주. 혈마교주. 혈마교주!

그자의 생김새뿐만 아니라, 일어나야 했지만 일어났으면서도 일어나지 못하게 된 인과(因果)들까지도 함께 떠올랐다.

모든 게 번뜩였다.

그랬나?

인과(因果)들이 무한하게 쏟아지던 충격 때문에 정신을 잃었던 모양이다. 그 뒤에 나는 위대한 신의 섭리에 한층 더 가까워져 있었다.

나는 타리크를 쳐다보았다.

"타리크에게 들려주고 싶은 이야기가 있어."

여생이 삼 일밖에 남지 않은 타리크.

그는 무(無)로 사라진 시간대에서는 신의 섭리를 많이 이해하지 못했다. 그래서 이번의 삶에서만큼은, 위대한 신께서 창조하신 무한한 세계에 대해 조금이나마 알려 주고 싶었다.

타리크가 번지던 눈물을 쓱 닦고는 자세를 고쳤다. 기도를 드릴 때와 똑같이 엎드렸다.

"오늘로부터 칠백 년도 더 지난 날의 이야기야."

타리크의 두 눈이 동그래졌다.

타리크가 귀여웠던 어린 시절이 생각나는, 그런 얼굴이었다.

"제게…… 들려주셔도 됩니까?"

"괜찮아. 일어나야 했지만 일어날 수 없게 된 일이니까."

물론 타리크는 그 말을 이해할 수 없었다.

"고원의 왕에 대해 알 거야."

"존마교의 교주를 말씀하시는 것이죠?"

"그래. 칠백 년 후에는 그 존마교가 둘로 나뉘어 존재하기로 되어 있었어. 하나는 존마교의 정통을 이은 곳에서 정마교로 불리고, 다른 하나는 혈마교로 불려야 했지. 그런데 내가 타리크에게 들려주려는 이야기는 그 혈마교의 21대 교주에 대한 이야기야."

이야기를 시작했다.

"그때 혈마교주는 매우 절박한 심정을 가지고 나를 찾

아오기로 되어 있어. 신께서 그를 단단하게 만드시는 과정에서 말이야. 말하자면, 그는 신께 과분한 사랑을 받고 있던 유일한 사람이었던 거지."

나는 태연한 타리크의 태도가 무척 흡족했다.

타리크는 '신께선 우리 무슬림이 아니라 동방인을 살피시는 겁니까.'라고 물을 정도로, 수행 낮은 수피가 아니었다.

계속 말했다.

"그가 바그다드를 불태울 거란 사실을 알게 되기로 되어 있었지만, 알잖니. 그 모든 게 위대하신 신의 거룩한 뜻임을."

칠백 년 후에 바그다드가 불탄다는 말에, 타리크가 고개를 들었다.

타리크는 명석하다. 칠백 년 후에 얼마나 많은 사람들이 바그다드로 모여들지, 다 알고 있었다.

그래서 그의 늙은 두 눈에 칠백 년을 앞선 걱정이 떠오르기 시작했다.

"이야기를 시작한 지 얼마나 됐다고, 벌써 잊었구나. 잊지 말렴. 지금 하고 있는 이야기들은 일어나야 했지만, 일어날 수 없게 된 일들에 관한 것이야."

"일어나야 했지만, 일어날 수 없게 된 일……."

타리크는 그 문구를 몇 번이나 중얼거렸다.

"그래서 나는 그를 돕기로 되어 있었어. 하지만 그에게 는 그 또한 시련의 시작이었던 거야. 그에게는 더 많은 시 련들이 안배되어 있었지. 지금 생각해 봐도 우리의 위대 한 신께서는, 그를 너무나 사랑하셨던 것 같아."

잠깐 중지되었던 이야기를 다시 끌고 나갔다.

그런데 타리크는 이 이야기가 어떤 파국을 맞이하는지 벌써 눈치챈 모양이었다.

타리크의 눈빛이 불안해졌다.

"그러나 그는 시련을 시련으로만 받아들였겠군요. 결국 신을 거역하게 됩니까?"

"그랬을 거야."

"라, 라쿠아 님!"

타리크가 본인도 모르게 큰 소리를 냈다.

왜냐하면 내게서 '그랬을 거야.'라는 식의 어투를 듣게 되리라고는, 상상조차 해 볼 수 없는 일이었을 테니 말이 다.

나도 그랬다. 내 스스로 그런 말을 언급하게 될 줄은 몰 랐다.

'그랬을 거야'라니……

"괜찮아. 지금 나는 정신을 잃기 전보다, 섭리에 더 가까워졌어. 기분이 좋아."

나는 그렇게 말한 다음, 타리크가 안정을 되찾을 때까지 조용히 기다렸다.

하지만 타리크가 받은 충격은 꽤 컸다. 타리크의 두 눈에서 번지는 파문이 오랫동안 진정되지 않고 있었다. 나는 타리크의 뺨을 쓰다듬으며 말했다.

"어쩌면 칠백 년 후의 그는 나를 죽였을 것 같아."

"라쿠아 님, 제발요."

"타리크. 그가 위대한 신을 거역한 이후부터, 일어나야 할 일들은 일어날 수 없게 됐어. 이백 년 후에 존마교는 둘로 나뉘지 않을 거고, 육백칠십 년 후에 칼리프가 모래시계로 제국을 통일하는 일도 없을 거야."

그리고 절망에 빠진 혈마교주가, 나를 찾아오는 일도 없을 거다.

나는 이미 그자를 만난 적이 있었다. 그와의 만남이, 태초에 예정되었던 일인 줄로만 알았던 어린 시절에.

타리크가 눈물을 또 보이기 시작했다.

직전의 눈물과는 다르게도, 두려움과 증오가 한데 뒤섞인 눈물이었다.

"그는 무엇입니까? 대체 무엇이기에 위대한 섭리를 위배할 수 있다는 것입니까. 라쿠아 님. 교단 차원에서 대비

해야 합니다. 칠백 년은 길지 않아요."

"일어나야 했지만 일어나지 않게 된 일이라고 했잖아. 하지만 다른 세상이 되고만, 저쪽에서는 이미 일어난 일이기도 해."

"모르겠습니다. 라쿠아 님의 가르침……."

"그렇다고 해도 걱정하지 말렴. 나는 백 년 후에 모래시계를 가지고 고원으로 가기로 되어 있어. 그리고 거기서 그를 징벌하기로 되어 있어."

"하지만 그는 칠백 년 후의 사람이라고 하지 않으셨습니까."

"맞아. 타리크."

하지만 타리크는 아직 할 말이 더 남은 표정이었다. 나는 고개를 끄덕여 보였다.

"라쿠아 님께서는 아시지요?"

"응?"

"그자는…… 대체 무엇입니까. 어떻게 위대한 신을 거역하고 섭리를 위배할 수 있는지……."

타리크는 여전히 그 물음에서 헤어나오지 못하고 있었다. 뒤집어쓴 양모까지도 몸의 떨림에 의해서 흘러내렸다.

내가 혈마교주를 백 년 후에 징벌하게 될 거라는 이야

기를 듣고도, 안정을 찾지 못하는 것이다.

가여운 타리크.

"이리 오렴."

타리크가 기어왔다. 타리크를 살포시 껴안으며 입술을 뗐다.

"삼 일 후면 너는 신의 품으로 돌아가기로 되어 있단다. 남은 삼 일 동안, 일어나야 했지만 일어나지 않은 일과 그 일이 이미 일어난 다른 세상이 무엇인지. 네게도 위대한 신의 가르침이 닿길 바라는 마음에서 이 이야기를 들려주는 거란다. 그걸 깨닫게 되면, 네게 남은 삼 일은 영원(永遠)과 같아질 거야."

그런데 왜일까.

왜 타리크의 물음이 머릿속에서 떠나질 않는 것일까.

겨우 안정을 되찾은 타리크가 수행에 들어간 지 한참이 지났어도, 타리크가 남겨 둔 물음이 계속 맴돈다.

그자는 대체 무엇입니까?

맞아. 신께선 그자에게 왜 그리도 과분한 사랑을 베푸셨던 것일까.

신께서 행하시는 일에 의문을 품어선 안 된다. 지금껏 한 번도 그런 적이 없었다. 그런데 왜 신의 섭리에 한층 더 가까워진 지금에 와서야, 혐오스러운 생각이 드는 것일까.

신께서 그자에게 온갖 시련을 주셨듯이, 이 또한 나의 시련인 것일까.

그런데 혈마교주……

그 이름이 낯설지가 않다. 가만히 그를 생각하고 있노라면 가슴이 아파온다.

이윽고 찢어질 것만 같았다. 나는 깜짝 놀라서 눈가를 더듬었다. 손바닥이 눈물로 축축했다.

정말로 눈을 깜빡이자 눈물 하나가 바닥으로 뚝 떨어졌다.

눈물이 땅에 스며들기 직전, 방울진 그것에서 불현듯 떠오르는 뭔가가 있었다.

지금으로부터 백 년 후다. 혈마교주가 자결하기로 되어 있는 날이 틀림없었다. 나는 흑천마검이 파괴되는 과정을 지켜보고 있었다.

　　"비스말라. 너무 힘들어 보여. 그분의 위대함을 시험
　　하지 마. 이제 그만해. 위대한 신의 뜻에 순응해. 그렇
　　게나 고통스러워하면서."

나는 그 말을 하기로 되어 있었고, 혈마교주는 흑천마검을 잃은 상실감으로 자결하기로 되어 있었다.

그런데 이상하다. 일어나야 할 인과는 이런 식으로 알 수 있는 게 아니다.

이 모든 건 신께서 들려주시는 말씀이 아니라 기억의 일부분이다.

내가 나의 목을 움켜쥐고, 나를 살려내고, 내가 겪어온 자취를 꿰뚫어 보기 위해 천지만상대진을 열기까지의 기억 모두는!

나 라쿠아의 기억이 아니라 혈마교주의 기억이다.

왜 혈마교주의 기억이 내게 깃들어져 있는가.

그것은 바로.

내가 혈마교주이기 때문이다.

팟!

역시 위험했다.

라쿠아의 기억을 진짜 세계로 망각했다. 엿보고 있던 거기에 동화되어 버렸다. 라쿠아의 기억이 무한했기에 나를 잃어버릴 뻔했다.

하지만 애초에 그런 위험을 알고도 감수한 일이었고,

보상은 컸다.

중요한 시점까지 돌파했다.

이제 알 수 있다.

인과율에서 벗어나지 않았다면, 일어나야만 했던 일들을 말이다.

본시 내게 예정되어 있었던 목적을 말이다.

제2장

예정

　인과율이 설계한 청사진이 무너졌던 때는, 그때가 맞다.

　라쿠아를 인과율의 상징으로써 목숨을 거둬버렸던 때.

　그때를 기점으로 완전히 틀어져 버렸다.

　지금에 와서는 다 부질없어져 버리고 만 이야기지만, 라쿠아의 기억 속에는 인과율이 본래 계획해 둔 청사진의 흔적이 남아있었다.

　다만 완벽하지는 않았다.

　왜냐하면 라쿠아의 능력은 어디까지나 이 세상에 국한되어 있기 때문이다.

내가 성 마루스로 넘어가서 무엇을 할지, 그곳에 있는 마계의 문을 열고 들어가면 어떤 사건들이 또 설정되어 있는지 따위는 알 수 없었다.

그녀가 아는 건 어디까지나 중원에서의 이야기였다.

나는 '일어나야 했지만 일어날 수 없게 된 일'의 기억을 파고들었다.

거기에서 라쿠아는 여전히 살아있을 수밖에 없었다. 나는 그녀를 죽이지 않았고, 성 마루스로 떠났다가 다시 돌아와 있었다.

어느 작은 산촌이었다.

전체 주민이라고 해봐야 삼십 명을 넘지 않는, 산골 중에서도 산골.

그래서 구릿빛 피부를 가진 색목인 소녀의 등장은 산골 사람들에게 커다란 사건이었다. 주민들은 라쿠아를 중심으로 모였다.

그러던 중, 한 노인만이 라쿠아의 다리에 난 상처를 발견했다.

"저런 다리를 다쳤구만. 일단 장 씨가 저 아이를 정 선생께 데려다 주게."

"근본도 모르는 색목인을 마을에 들이시려고요?"

"아이잖아. 아이. 그리고 황 씨는 아래로 내려가서 한 번 찾아보게. 동행인도 없이 홀로 여기까지 올 수는 없었을 테지. 내려간 김에 관청에 들려 교도님께 잘 설명도 하고."

"예. 어르신."

장 씨라 불린 중년인이 라쿠아에게 따라오라는 시늉을 했고, 라쿠아는 장 씨의 뒤를 조용히 따라가기 시작했다.

산중으로 난 오솔길을 조금 멀리 걷던 중. 길이 끝나는 시점에서 시야가 확 트이는 때가 있었다.

오솔길 내내 빼곡하기만 했던 소나무 군락이 끝나는 지점이었고, 거기에서는 작은 폭포를 등지고 있는 민가 하나가 정면으로 보였다.

작은 폭포에서 자아내는 물소리에 산새들의 지저귐은 물론이고, 녹음(綠陰) 사이사이로 내려오는 햇볕이 그 민가를 아름드리 비추고 있었다.

"정 선생님 계신가?"

장 씨가 물었다.

개울에서 돌멩이를 가지고 놀고 있는 두 아이를 향해서였다.

어찌 모를 수 있을까. 비록 나이를 조금 더 먹었다고 해도, 영아는 영아다. 일곱 살 정도 된 영아는 아기였을 때의 미모를 간직하고 있었다.

그런데 영아와 같이 놀고 있는 남자아이는 다섯 살 정도로, 나를 고스란히 빼다 박았다.

그때.

라쿠아의 시선으로 바라보고 있던 기억 전반의 광경이 파르르 떨렸다.

나는 감격과 흥분의 도가니로 빠지려는 마음을 추슬러 놓아야만 했다. 그제야 흔들리던 광경이 바로 서기 시작한다.

"안녕하세요. 아저씨. 그런데 아버진, 지금 안 계세요."

영아가 대답했고.

나와 설아 사이에서 태어난 아들도, 제 누나처럼 라쿠아를 빤히 쳐다보고 있었다. 아들의 이름이 궁금했다. 나와 설아는 아들의 이름을 어떻게 지었을까.

그런데 영아의 앙증맞은 입술 사이로 그 이름이 나왔다.

"병훈아. 가서 어머니 모시고 올래?"

정통 중원식 작명법과는 다소 차이가 있는 이름이지만.

그렇지만 나는 그 이름을 듣자마자 또다시 마음을 붙들어 매야 했다. 아버지의 이름이었다. 가족들의 세상에 계시는······.

"그런데 아저씨. 그 아이는 누구예요?"

라쿠아를 쳐다보던 영아의 만면에 미소가 퍼지고 있었다.

"얘. 이름이 뭐니?"

영아가 라쿠아에게 다가왔다.

"라쿠아."

"라쿠아? 난 영이야. 너 눈이 너무 예쁘구나? 저기 가서 나랑 놀지 않을래?"

"영아. 이 아이는 다리를 다쳤단다. 그런데 너 우리말을 할 줄 알아?"

장 씨가 그렇게 물으며 라쿠아를 내려다보았다. 하지만 곧 장 씨는 그냥 아이들끼리 통하는 뭔가가 있는 것으로 판단을 내린 것 같았다.

장 씨는 라쿠아를 스쳐 지나갔다.

"사모님."

장 씨가 선녀(仙女)를 향해 가볍게 고개를 숙였다. 날개옷 대신 무명 배자를 입고 있을 뿐이지, 그녀는 선녀가 맞았다.

차분한 걸음걸이에 기품이 깃들어 있고, 웃으며 인사하는 얼굴은 너무도 선했다.

"안녕하세요."

물론 목소리도.

"사모님. 이 색목인 아이가 어른도 없이 다리를 다쳐서 나타났는데요. 그래서 큰 어르신께서 정 선생님께 데려가 보라 하셔서요."

장 씨 딴에는 나름대로의 예의를 갖추는 것으로 보였다.

"그리고 이거. 이번에 딴 석청입니다. 제 여편네, 이제는 그리도 잘 먹고 젖도 잘 나오고, 아들놈도 장군만큼이나 건강합니다. 다 선생님 덕분입니다. 그런데 이 아이……."

"아이는 저희가 돌보고 있을게요."

"아! 항상 신세만 끼칩니다."

"그런 말씀 마세요. 저희야말로, 항상 신세를 끼치는 걸요."

"그럼 내려가 보겠습니다. 사모님."

장 씨가 떠난 후.

설아가 라쿠아 앞에 쭈그리고 앉았다. 사랑스런 두 아이도 따라서 앉았다.

설아는 라쿠아의 부상한 다리를 눈으로만 살펴보는 데 그치지 않고, 양손으로도 뼈와 혈맥의 상황을 가늠하기 시작했다.

"씩씩하게, 우리를 무서워하지 않아서 고마워. 나는 여기에 살고 있는 설이라고 한단다. 초진(初診)은 내가 보고, 내 남편이 돌아오면 제대로 치료해 줄 거야. 마음 편히 가지렴."

설아가 이슬람의 언어로 띄엄띄엄 말했다.

해가 질 무렵.

라쿠아는 두 아이와 어울려 놀고 있었다. 돌멩이를 쌓거나 옮기면서 하는 단순한 역할 놀이임에도 불구하고, 웃음소리가 떠나질 않았다.

그러던 문득 라쿠아가 몸을 일으켰다. 부목을 댄 다리로 절뚝이면서 폭포 인근으로 자리를 옮겼다.

정확히는, 폭포 뒤쪽에서 산 정상으로 향하는 산길이 시작되는 지점으로였다.

거기에서 내가 걸어 나왔다.

경신술을 쓰는 것도, 공간을 가르는 것도 아닌.

거친 호흡과 땀방울을 뚝뚝 떨어트리며 나오는 것이었다. 허리에 낀 바구니에 약초가 적당히 담겨 있는 걸로 봐서는, 약초를 채집하고 돌아오는 것으로 보였다.

"아버지!"

내 딸 영아와 내 아들 병훈이가 하던 놀이를 멈추고 바로 뛰어갔다.

거기의 나는 두 아이를 한 가슴에 안았다. 세상 부러울
게 없는 행복한 미소였다.

"예쁜 아이가 왔어요. 라쿠아래요. 그런데 다리가 많이
아파요. 아버지."

"어디 한번 봐야겠구나. 너희들은 그만 들어가서 어머
니 저녁 하는 걸 도와드려라."

"예. 아버지."

사랑스런 두 아이는 말도 참 잘 들었다.

거기의 나는 두 아이가 내 곁을 떠나 집 안으로 들어가
는 것을 끝까지 보고 난 뒤에 라쿠아에게 시선을 돌렸다.

더할 나위 없는 만면 위의 행복이 싸늘하게 식어버리는
순간이었다.

"나를 찾아올 일이 더는 없을 텐데요. 무슨 용무인지는
모르겠지만, 나는 예전의 내가 아닙니다. 보다시피 한 명
의 촌부일 뿐. 돌아가십시오."

가족을 의식한 작은 목소리였다.

"그렇게 경계하지 말렴. 지금의 삶에 만족하는 것처럼
보이는데, 정말 그러니?"

거기의 나는 대답하지 않았다.

하지만 흔들림 하나 없는 눈빛.

조금의 의심도 없는, 완벽한 확신이었다. 거기의 나는 만족하고 있었다.

항상 꿈꿔왔었던 삶이니까.

그리고 보다시피, 내게는 그렇게 평온한 삶이 예정되어 있었다.

"다른 세상에 남겨둔 가족들은 보고 싶지 않은가 보구나?"

라쿠아의 물음에, 거기의 내 눈빛이 살짝 흘리긴 했다. 하지만 아주 잠깐이었다.

"애초에 거기는 내가 개입해서는 안 되는 곳이었습니다. 하지만 그런 회한(悔恨)도 다 부질없어졌지요. 내가 무슨 말을 하고 있는지 이해합니까? 당신이 무슨 이유로 존재해왔는지 알고 있습니까?"

"알아."

"믿기 힘들군요. 정말 안다면, 당신은 여기에 왜 있는 것입니까. 당신의 존재 이유가 다 했음을 모르는 것이 아닙니까. 다시 묻습니다. 정말 알고 있습니까?"

라쿠아는 고개를 끄덕였다.

"하면 묻겠습니다. 시공에서 우주, 우주에서 차원으로 아우러지는 인과율의 대(大)창조관을 아느냐 말입니다. 라쿠아. 본 차원은 비로소 안정을 되찾았습니다. 이를 아느냐 묻는 겁니다."

"그것만큼은 모르겠는걸. 무엇인지 가르쳐 줄래? 네가 생각하는 내 존재의 이유도 함께."

"당신은 나를 위해 존재했습니다. 당신뿐만이 아니라, 본 차원의 만물(萬物)은 나를 위해 창조되었고, 태초로부터 그렇게 예정되어 있었습니다. 아시겠습니까. 본 차원이 안정을 되찾으면서, 당신의 역할은 다 끝났습니다."

거기의 내가 계속 말했다.

"내 일부는 본 차원을 주관하는 큰 존재가 된 것입니다. 그것으로 다 끝났습니다."

"……."

"하나의 나는 본 차원의 신이 되고, 다른 하나의 나에겐 지금의 안식(安息)이 허락되어져 있었습니다. 그렇게 창조되었습니다. 당신이 그 예정된 길로 가는 나를 위해, 창조되었듯이 말입니다. 하지만 이리 말해도 당신은 이해할 수 없을 겁니다. 여기의 개념으로는 이해할 수 없는 이야기죠."

"네 말이 맞아. 나는 네 말을 이해할 수 없어. 하지만 네가 위대한 존재가 될 것이란 건 알 수 있었어. 어느 날 신께서 허락해 주셨어. 모든 인과가 너를 중심으로 움직여야만 하는 절대 섭리를, 내게 가르쳐 주셨지."

"그렇습니다. 그리고 그 장구했던 이야기는 다 끝이 났습니다. 한데 당신은 왜 여기에 있는 겁니까?"

"처음에 말했잖아. 나를 경계하지 말라고. 너는 내 역할이 다 끝났다고 말하지만 그게 아니란다. 하나가 더 남아 있어."

"자의로 판단하는 겁니까?"

"비스말라. 위대한 신의 뜻이야."

거기의 나는 무척이나 심각한 표정이 되었다. 행복이 깨질까 봐, 노심초사하는 얼굴임이 틀림없었다.

"더 남아 있는 게 있을 리가 없습니다."

"있어. 널 마주하고 보니, 내가 왜 여기에 와야만 했는지 알 것 같아. 이렇게나 잘 보이는걸. 지금도 네 마음 한편에 남아있는 불안감. 너는 다 끝났다고 말하지만, 아직 다 끝난 게 아닐지도 모른다고 떠는 그 불안감 말이야. 나는 그걸 지워주러 온 것 같아."

"무슨 말씀입니까."

"지금 나는 이렇게 말하기로 되어 있어. 그리고 이 말을 하게 돼서 너무 기뻐. 이 말을 하고 나면 우리가 다시 만날 일이 없을 거야."

라쿠아의 목소리는 한없이 따뜻했고, 거기의 나는 눈시울이 붉어지고 있었다.

"진욱아. 그동안 수고했어. 이제 행복하게 살아."

*　　*　　*

수없이 반복해서 그 장면만 되감았다.

많이 자란 영아와 태어나지 않은 아들 그리고 더욱 아름다워진 설아를 바라보며, 그 행복에서 깨고 싶지 않았다.

그래서 그 기억 안에서 꽤나 오랫동안 머물렀다. 사랑하는 세 사람의 사소한 동작 하나하나를 전부 외울 정도로 말이다.

하지만 완벽해 보이는 저기에도 존재하지 않는 게 하나 있었다.

그 녀석, 흑천마검이 빠져 있었다. 잊으려고 해도 잊을 수가 없다.

　　하나의 나는 본 차원의 신이 되고, 다른 하나의 나에
　　겐 지금의 안식이 허락되어져 있었습니다.

내가 어떻게 '둘'로 존재할 수 있는지를 미뤄두고 생각해 본다면, 한 가지 만큼은 확실해졌다.

인과율의 큰 그림 안에선, 흑천마검도 백운신검도 나를 위주로 하나가 되기로 되어 있었다. 그리고 그 방법으로는 역시 삼위일체일 것이다.

결국 그런 것이다.

혈마는 인과율에서 벗어날 목적으로 삼위일체의 개념을 창시했다. 하지만 인과율에서 벗어나는 방법은 외부에 있는 게 아니라 우리들 안에 있음을, 이미 오래전에 배웠다.

혈마는 죽는 순간까지 제대로 깨닫지 못했고 인과율의 손바닥 안에서 놀아난 셈.

그의 삼위일체는 인과율의 의도 하에 창시된 결과물일 뿐이었다. 지금껏 나를 본 차원의 신으로 만들기 위해 존재해 왔었던, 흔해 빠진 결과물 중의 하나로 잔존해 왔던 것이다.

인과율의 큰 그림 안에서는 선후(先後)가 없다.

그러니까 나는 삼위일체를 이루기 위해 태어난 것이며, 그러는 동시에 삼위일체는 나를 위해 만들어진 개념이 된다.

물론 혼란스러웠었다.

인과율에 순종했다면, 그 끝에 평화로운 삶이 예정되어 있기 때문이다. 그래서 저 행복한 광경을 보게 되는 것도, 전부 인과율의 계략이 아닐까 하는 의심이 들었던 게 사실이다.

'지금이라도 내게 순종하라', 그런 전언이 깃들어 있는 것이 아닌지 말이다.

하지만 아니다.

설사 그렇다 해도, 그 광경은 지금의 나에겐 행복한 결말이 결코 아니었다.

어디까지나 인과율의 노예로 충실히 살았을 때에나 찾아올 행복이며, 흑천마검과 교분이 없을 때의 이야기였다.

도리어 라쿠아의 온갖 기억들을 헤매면서 억누를 수 있었던 상실감이, 다시 봇물 터지든 터져버리는 순간이 찾아왔다.

바깥의 냉혹한 현실이 또렷이 떠올랐다.

흑천마검이 죽어버린…….

팟!

라쿠아의 기억에서 빠져나왔다.

알고 싶었던 비밀들을 전부 알게 된 시점에서, 그녀의 무한한 기억 세계를 끝없이 떠돌고 다니는 건 더 이상 의미가 없었다.

그녀의 기억 안에는 흑천마검을 되살릴 수 있는 실마리가 아예 존재하지 않다는 것을 확신하게 된 시점에서 특히 그랬다.

흑천마검을 소생시키는 방법은 라쿠아 안에서 찾을 게 아니라, 인과율이 창조해 놓은 본 세계에서 찾아야 할 문제였다.

창조관에서.

과연.

라쿠아의 기억 세계에서 빠져나오자마자, 차가운 검 자루부터 느껴졌다.

미련을 버리지 못하고 그리운 이름을 다시 불러본 것이, 내 가슴을 더욱 쓰라리게 만들었다. 녀석의 목소리가 간절하다.

한편 라쿠아는 나를 애타게 찾고 있었다.

천지만상대진 안은 인과율의 개입이 완전히 차단된 세상이다.

이를테면 신의 말씀을 더 듣지 못하게 된 꼴이라서, 라쿠아가 무척이나 힘들어하는 건 딱히 이상한 일도 아니었다.

스윽.

나는 라쿠아 앞으로 모습을 드러냈다. 라쿠아가 바로 호소했다.

"여기서 내보내 줘."

무시하며 말했다.

"'일어나야 하지만 일어날 수 없게 된 일'들을 보고 왔다."

라쿠아의 두 눈이 동그래졌다.

"어디까지?"

믿을 수 없다는 눈빛이었다.

"네 존재의 이유가 다하던 마지막 날까지. 그날 너는 마지막을 고하러 오기로 되어 있었지. 내 옛 이름도 알고 있더군."

"진욱……."

라쿠아는 말꼬리를 흐리다가 고개를 설레설레 저었다.

"나는 그 광경이 나를 회유하기 위해 만들어진 장치라고 생각하지 않는다. 말 그대로, 그저 지나간 일일 뿐이지."

"그럼 이제는 알겠구나? 너는 위대한 신을 원망하고 또 대적하고 있지만, 그분께서는 실로 선하신 분이시란걸."

"네 신이 흑천마검을 당장 살려내면 선하다는 그 말, 믿어주지."

"……."

"하지만 네 신은 그럴 수 없다. 너는 네 신이 전지전능하다고 생각하겠지만 여기에서는 어떤가. 여기에서도 그 생각이 변치 않는가? 일어날 수 없게 된 그날과 똑같은 질문을 해야겠군. 인과율의 대 창조관을 아느냐?"

"그것만큼은 모르겠는걸. 무엇인지 가르쳐 줄래?"

라쿠아도 마찬가지로 기억 속에서와 똑같이 대답했다.

"그것을 알기 위해선 네 신이 왜 나를 죽이려 드는지를 먼저 알아야 할 것이다. 나를 본 차원의 차기 신으로 예정해 두었다가, 갑자기 손바닥을 뒤집듯 돌변해 버린 이유를 말이다."

"넌 선택 받은 아이였어. 위대한 존재가 될 예정이었지. 하지만 그분의 사랑을 그저 시련으로밖에 생각하지 않는, 못된 녀석이 되고 만 거야."

"그뿐이었다면. 이렇게나 노골적으로 나를 죽이지 못해 환장하지는 않지."

"말이 심하구나."

"알면서도 모른 체하기란 참 힘든 법이지. 강렬하게 드는 의심이 있을 텐데?"

나는 뜸 들이지 않고 계속 말했다.

"간단하다. 나를 죽일 수 없기 때문에, 나를 죽이지 못해 환장하는 것이다. 나는 오래전에 네 신의 손바닥 안에서 벗어났을 뿐만 아니라, 지금에 이르러서는 네 신의 권능(權能)도 내게 영향을 끼치지 못한다. 이것이 대 창조관의 일부다. 네 신이 세상을 창조하면서 설정해 둔 바들이 있다. 그러한 설정들이 도리어 제 전능함을 제약하게 될 줄은 몰랐겠지. 스스로를 그렇게 만들고 말았다는 것이다."

자세히 들려주었음에도 불구하고, 라쿠아는 기억 속에서와 똑같은 표정이었다.

"이렇게까지 말해 주어도 이해하지 못하는구나. 조금 전의 말이 어렵다면, 이것은 어떠한가? 전지전능하다던 네 신도 두 가지 실수를 저질렀다. 하나는 나를 너무 잔혹하게 몰아붙여 적대할 수밖에 없게 만들었으며, 다른 하나는 흑천마검과 쌓아온 애증이 친우의 정으로 거듭나게 될 것이란 걸 간과하였다. 라쿠아. 아직도 모르겠느냐. 네 신이 전지전능하지 않다는 것을 말하고 있는 것이다."

라쿠아는 말이 없었다. 하지만 머릿속에서는 아니었다.

그녀의 신을 의심하는 강력한 사념들이 흘러들어오기 시작했다.

"네게는 오로지 네 신의 말씀, 인과(因果)만이 전부겠지. 하지만 이 세상을 움직이는 건 인과만이 아니다. 네

신이 세상을 창조하며 설정해 둔 바들이 있다. 인과의 또 다른 이름이지."

해가 뜨고 비가 내리는 조건, 숨을 쉬는 방법과 쉴 수 있는 조건, 공허로 떨어지는 이유, 자연체의 경지가 가지는 힘, 우주와 차원 그리고 이를 주관하는 존재 등의 창조관 말이다.

여기에 오기 전에도 자연체 이후의 경지를 발견했었다.

그 경지는 애초에 내게 예정되어 있던 경지는 아니었고, 온 우주를 창조하면서 자연히 깃들어야 할 법칙 같은 것이었다.

사실, 천지만상대진도 창조관의 법칙들을 조합해서 만들어진 물건이다.

"네 신이 설정해 둔 바들이 제 능력을 제한하고 있다. 날 죽이지 못한다. 나는 거기에서 해답을 찾아낼 것이다. 흑천마검을 되살릴 것이며, 네 신을 갈가리 찢어 놓을 것이다. 네 신이 창조해 놓은 이 지긋지긋한 감옥에서도 벗어날 것이다. 그리하지 못할 것 같으냐?"

"그만둬. 왜 내게 그런 말들을 하는 거야? 나는 그런 말들을 듣기로 되어 있지 않았어."

라쿠아는 양손으로 귀를 막았다. 그러나 천지만상대진 안에서 울려 퍼지는 내 목소리는, 누구도 막을 수 없다.

"라쿠아. 너는 무슨 마음으로 타리크에게, 일어날 수 없게 된 일들을 들려주었지?"

"그건……."

"나는 네가 무척 안쓰럽다. 인과율에 종속되어서 수천 년을 살아온 네 삶이 불쌍하다. 하니 갈 때 가더라도, 네 신이 가르쳐 주지 않은 진실을 조금이라도 보여주고 싶은 것이다. 오래전 그날처럼 고통은 없을 것이다. 인과율에게서 해방시켜 주마. 안녕."

*　　　*　　　*

창조관 하(下)의 법칙 하나.

사람에게는 혼백이 품어져 있어, 죽으면 육신에서 빠져나와 혼과 백으로 나눠진다. 라쿠아도 그 법칙에서 벗어나지 못했다. 인과율도 자신의 창조관을 해치지 못한다.

하지만 식령을 할 수 없는 이유는, 그녀의 혼백에 남아 있는 무한한 기억 때문이었다.

다 뚫지 못한 지난 과거의 기억들과, 죽는 찰나에도 수없이 생성된 그녀의 기억들이 나 자신을 잃게 만들 것이다.

생각하면 생각할수록 라쿠아는 불쌍한 사람이었다. 그

녀에게는 다른 사람들이 착각하는, 자신의 삶이란 것조차 없었다.

화아아악!

천지만상대진을 구성하고 있던 내 기운들이 일제히 퍼져나갔다.

대진은 사라졌고, 허상이 아닌 진짜 집무실이 놓여졌다.

차라리 지금까지의 모든 일이 허상이면 좋으련만.

나는 존마교 장로, 위타르에게 시선을 돌렸다.

그는 정신을 잃고 쓰러져 있다가, 바로 직전에 대진이 파괴되면서 나온 강렬한 기운에 다시 정신을 차린 상태였다.

하지만 멍하니 흑천마검을 바라보고만 있었다.

자아(自我) 없이 그저 기물로만 존재하는 흑천마검이라고 해도 본연의 힘이 고스란히 남아있었다. 거기다 모래시계를 삼켜 놓은 힘까지 더해져 있어, 그 존재감이 가히 범상치 않았다.

본래 그에게 존마교의 거마들을 모두 소집하라는 명령을 내릴 생각이었다.

하지만 그러지 않아도, 존마교의 거마들은 물론 인근의 존마교도들 전부까지 가공할 기운의 근원을 좇아 움직이고 있었다.

박차며 달려오는 거친 숨소리만으로도 그네들의 기억을 꿰뚫어 보기에 충분하다.

혈마와 백운신검, 누가 그것들의 행방을 알고 있느냐!

정작 여기로 몰려들고 있는 존마교도들의 기억 안에서는 혈마의 흔적을 발견할 수 없었다. 혈마를 마지막으로 대면했던 자는 따로 있었다.

병든 존마교도들이 치료받고 있는 곳.

그곳의 병색 짙은 숨소리 중 하나가, 그자의 내력(來歷)을 들려준다.

이름은 발타유.

소속 기관은 전세지문 휘하의 적사대(赤沙隊)였다.

본교에서도 정보를 수집하고 중원의 동향을 살피는 목적으로 존재했던 곳이 전세지문으로, 존마교에도 동명의 기관이 자리하고 있었다. 아니 애초에 본교의 전세지문이 존마교의 기관명을 고스란히 따왔다고 할 수 있겠다.

어쨌든 존마교의 전세지문은 본교의 전세지문보다 활동 영역이 넓었다.

그중에서도 적사대는 붉은 사막을 담당하는 집단이었다.

붉은 사막, 타클라마칸.

본교의 영역 말이다. 발타유는 거기에서 전력을 다해 달려왔다.

한시도 쉬지 않고서, 밤에는 혹한의 추위 뚫고 낮에는 뜨겁게 달궈진 모래 위를 몇 번이고 굴렀다. 그래서 그가 혈마의 앞에 이르렀을 때는 몸 상태가 말이 아니었다.

"갑자기 죄송합니다. 교주님."

그를 부축하던 교도들도 함께 들어왔는데, 그때 혈마는 책상에 앉아 양피지를 작성하고 있었다. 하지만 뭔가가 잘 안 풀리던 모양이다.

발타유와 함께 들어온 존마교 장로 위타르가, 혈마의 심기 불편한 표정을 보고 조심스럽게 고했다.

"교주님. 적사대에서 강령패(綱領牌)를 가지고 왔습니다."

그 보고를 끝으로.

위타르뿐만이 아니라, 발타유를 부축하고 들어왔던 인물들 전부가 집무실에서 빠르게 나갔다.

강령패는 그런 목적으로 만들어진 것이다. 정해진 보고 체계를 거치지 않고 혈마에게 바로 보고할 수 있도록 말이다.

예컨대, 엄중한 기밀이나 사건을 다룰 때 쓰이는 것으로 발타유가 혈마에게 보고할 내용은 충분히 그럴 만한 사안이었다.

마물에 관한 것이었으니까.

휘익.

혈마의 몸에서 발타유를 향해 한 줄기 기운이 흘러나갔
다. 하지만 치유의 성격은 없다. 활력을 일시적으로 불어
넣어 주는 데에서 그친다.

혈마의 경지는 딱 그 정도로 보였다. 예상했던 대로다.
십이양공을 창시하고 또 대성하기만 했을 뿐, 인과율은
그에게 자연체의 경지를 다시 허락하지 않았다. 그럴 필
요가 없었겠지.

"난생처음 보는 짐승들이 난데없이 출몰하여 쿠자, 악
수에서 카슈가르에 이르기까지, 부족민들을 닥치는 대로
죽이고 있습니다."

"본교의 피해는?"

"살육을 즐기는 짐승들일뿐더러, 빠르고 강하기로는 괴
랄하기 그지없어서⋯⋯."

"묻질 않았느냐."

"하교가 마지막으로 본 것만으로도, 적사대의 육 할이
괴멸되었사옵니다."

하지만 지금쯤이면 전멸했을 것이다. 대주 고량이 짐승
들에게 잡아먹히는 사막 부족민들을 방관할 수 없다며 저

지른 독단에서 비롯된 일이다. 그중에 몇 개 군집은 총단까지 당도할 것으로 예상된다 등등.

발타유는 보고해야 할 것들을 다 쏟아낸 후, 그 자리에서 혼절해 버렸다.

그렇게 발타유의 기억은 혈마가 백운신검을 움켜쥐며 일어서는 모습으로 끝이 났다.

* * *

창밖을 쳐다보았다.

현재 해의 위치가 발타유의 기억 속에 자리하고 위치와 차이가 크지 않았다. 시간이 많이 흐르지 않았다는 것이다.

하지만 혈마가 살아가는 시간대는 다를 수 있었다. 자연체의 경지가 허락되지 않았지만, 극한의 시간대까지는 도달한 것으로 추정된다.

다시 기감 또한 퍼트려 놓았다.

하지만 이 세상으로 들어오며 탐색했던 결과와 동일했다.

내 것이 아닌 십이양공의 열기, 그러니까 혈마의 것으로 추정되는 기운은 어디에도 없었다.

단언컨대, 혈마는 발타유의 보고를 듣자마자 본교의 붉은 사막으로 떠난 것이 맞다. 그런데도 그의 존재는 물론 백운신검도 보이지 않으니 어떻게 된 일인가!

나는 비단길 위의 거점 도시들로 시점을 옮겨 나갔다.

카슈가르, 악수, 쿠자.

현재 여기는 십시대진법이 만들어지지 않았을 때라, 이때의 사막 민족들은 세 거점 도시들을 위주로 몰려있었을 것이다.

그 때문이었다. 살육의 현장이 처절했다. 바그다드와 강남 궁에서 있었던 재앙이 고스란히 반복되어 있는 광경이었다.

그런데 특별히 다른 점이 있었다. 살육을 자행한 것들이 없었다.

부족민들과 존마교도들의 시신들만 너저분하고, 마물은 한 마리도 보이지 않았다.

자세한 사정을 모르는 이가 본다면 존마교도와 부족민들이 서로 싸우다 공멸한 광경이겠으나, 사인(死因)을 볼 수 있는 눈을 가진 이들의 입장에선 참으로 불가사의한 광경이 아닐 수 없을 것이다.

천년금박에 관하여 본교에 대대로 내려오던 전설이 있다.

혈마가 마물들을, 그것들이 들어왔던 지옥으로 밀어 넣었다는 전설.

주목해야 할 대목은 죽인 것이 아니라 밀어 넣었다는 부분이다.

과거에는 알지 못했으나 지금은 왜 그래야 했는지 알 수 있다.

사람이 죽으면 선천진기가 흩어져 나오듯 마물 또한 그렇다. 그런데 마물들이 죽으면서 남길 것은 본 차원의 것이 아닌 이질적인 기운으로써, 소량은 무시해도 될 것이나 그 양이 상당하다면, 필시 좋지 않은 영향을 끼칠 수밖에 없는바.

때문에 혈마는 마물들을 몰고 천년금박으로 향했다.

내 시선이 향할 곳도 그곳이었다.

녹음이 우거지고 있어야 할 혈산은 아직 황무지 돌산에 불과했다.

돌산의 중턱 부근에서 사람들의 목소리가 들렸다.

"이 두 눈으로 똑똑히 보았습니다. 교주님께선 끌려가신 겁니다!"

소리가 높았다.

"그 입 다물지 못하겠느냐! 감히 교주님의 위대함에 위해를 가하려는 것이냐. 들어라. 교주님께선 저 지옥을 직접 내려가신 것이다. 마물들을 징치하기 위해, 총단의 교도들과 사막에서 살아가는 사람들을 위하신 위대한 행보이시다. 다시 한 번 그런 망발을 내뱉는다면, 교법으로 엄히 다스릴 것이야."

뻥 뚫린 통로를 둘러싸고 논쟁이 한창이었다. 살아남아 있는 인물은 다섯밖에 안 됐다. 다들 부상이 하나씩은 있었으며 만면에는 당시의 공포가 아직도 남아 있었다.

"뭐 좋습니다. 우리도 뒤따라야 한다는 데에 이견들 있으십니까? 한 명은 급히 봉인할 철문과 진법에 능한 교도들을 준비해야겠고, 다른 한 명은 여기에 남아 사태를 주시해야겠지요. 세 사람은 내려갈 수 있습니다. 일단 저는 내려가겠으니, 두 분만 지원하시면 될 겁니다."

그렇게 말하는 교도를 제외한, 나머지 넷의 고개가 일제히 통로를 향해 움직였다.

통로 아래는 얼마나 깊은지 끝이 보이지 않는 어둠뿐이었다. 거기를 쳐다보는 넷의 두 동공까지 검게 물들일 정도.

섣불리 나서는 사람이 없었다. 그들이 통로를 내려다보며 고민하는 사이, 나는 그들 앞으로 공간을 건너뛰었다.

모두의 시선이 자연스럽게 내게로 향했다.

― 본교의 신물이 검게 물들어 있다. 지옥의 마기 탓인
가?

― 혹 다 들으신 것인가?

― 살았다. 교주님께서 돌아오셨다. 한데 내려가셨을
때와는 어딘가 달라지셨는데, 의복도 신물도 변모(變貌)하
였구나.

― 교주님. 교주님. 위대하신 교주님. 끌려가신 게 아니
셨어. 내가 잘못 보았어. 감히 어떻게 그런 생각을……

각기 다른 다섯 개의 사념. 하지만 그네들의 행동만큼
은 일치한다.

나를 보자마자 넙죽 엎드렸다.

나는 그네들을 사이로 걸어가 통로를 내려다보았다. 마
물의 울음소리도 거기에서 흘러나오는 마기도 없다. 마치
태풍전야처럼 잠잠한 것이, 도리어 불안한 마음을 증폭시
킨다.

흑천마검을 쥔 주먹에 힘이 저절로 들어가던 바로, 그
때였다.

아무것도 흘러나오는 게 없다는 것은 일시적인 착각이
었다. 느리지만 뭔가가 이쪽으로 들어오는 게 있는 것 같
았고, 그것은 일반적인 마기와는 또 다른 느낌이었다. 구

태여 인세의 표현에 따르자면 '순도'를 이야기할 수 있겠다.

순도가 최고로 높다.

우주이자 자연 그 자체이기 때문에 상(象)을 지녀서는 안 되는 존재, 마신.

그것과 마주했을 때 느꼈던 감각이 온몸을 꿰뚫듯이 들어왔다. 뇌리 안에서 확 번졌다. 놈의 일부가 이 시공으로 들어오고 있는 중이다. 뿐만 아니라 내게도 닿으려 한다.

거기까지 생각이 미치는 순간, 나는 쥐고 있던 흑천마검을 비틀었다.

흑천마검이 죽으며 남긴 힘이 웽웽 돌았다.

정확히는 모래시계의 완전한 힘이자, 인과율이 거둬 가지 못한 힘!

그것이 흘러간 시간을 무(無)로 되돌린다.

쏴악!

찰나였다.

공허로 떨어지지 않을 시간을 상정했다.

애초에 이 시공에 들어왔던 시간대로 돌리는 것도 의미가 없었다. 혈마와 백운신검이 마신에게 끌려갔든 직접 통로 아래로 몸을 던졌든, 그전에 이미 그랬던 사건이 일어나 있었다.

그래서 시간을 무로 돌린 시점은 지금으로부터 바로 직전이었다.

천년금박 안으로 막 진입했던 시점으로, 존마교도 다섯이 엎드린 상태가 아니라 처음처럼 서 있던 때였다.

"이 두 눈으로 똑똑히 보았습니다. 교주님께선 끌려가⋯⋯."

녀석은 무로 사라진 시간대에서와는 달리 말을 마치지 못했다.

여기저기 홀로 새겨지는 구궁(九宮)의 상들을 발견한 것이었으며, 바로 이어서는 대자연의 기운이 중앙으로 쏟아져 들어오기 시작했다.

천지만상대진이 펼쳐지던 와중, 나는 통로 쪽으로 온 신경을 집중했다.

시간을 무로 되돌렸던 목적이 무색했다. 마신의 일부라고 받았던 그 느낌은 그대로였다.

마신은 모래시계의 힘에 영향을 받지 않는다? 마치 저 미지의 영역에 숨어 모든 걸 지켜보고 있는 인과율을 비웃기라도 하듯이⋯⋯.

하지만 그렇다고 해서 위기라고는 생각 들지 않았다.

반사적으로 모래시계의 힘을 이용했으나, 본 차원에서 가장 강력한 존재는 어디까지나 '나'였다.

"네놈!"

나는 통로를 향해 외쳤다.

"역시 그랬구나. 네놈도 인과율에 대적하고 있는 것이었어!"

제3장

살점

생각 하나.

혈마가 끌려갔다는 주장이 옳았다. 그 존마교도의 기억 속에는 혈마가 저항하려던 순간의 표정이 고스란히 남아 있었다.

그 순간의 혈마는 백운신검과의 합일을 결단한 것으로 보였다.

끝까지 합일을 하지 않으려 한 것을 보면, 과거의 나처럼 백운신검에게 육신을 빼앗길 상황을 항상 염두에 두었던 것 같았다.

결과적으로 혈마는 백운신검과 합일을 이루는 데 성공

하긴 했다. 그러나 조금도 저항하지 못하고 통로 안으로 빨려 들어갔다.

인과율이 나를 도모하려는 동안, 마신은 혈마와 백운신검을 노린 것이었다.

물론 그런 가정을 해 볼 수는 있다. 외적으로는 마신이 혈마와 백운신검을 납치한 것으로 보이나. 진실은 혈마와 백운신검을 내게서 피신시킨 것이라고.

즉, 마신은 인과율을 거역하는 중이 아니라 인과율의 섭리를 이행하는 중이라고 말이다.

그 경우 마신이 하나였던 흑천마검을 찢어버리고, 그래서 본 차원의 질서가 어지러워진 것도 모두 예정되었던 일이 된다.

구태여 이유를 붙이자면, 신 급의 존재에게도 수명이 있어 구시대의 신에서 신시대의 신으로 넘어가는 세대교체의 과정이라 할 수 있을 것이다.

하지만 이는 억지다.

그 모든 가정들을 부정할 수 있는 강력한 증거가 있다.

라쿠아의 기억을 통해 알아냈던 비밀들 속에.

생각 둘.

인과율이 내게 부여했던 목적은 분명했다.

삼위일체.

그러니까 흑천마검과 백운신검을 내 안으로 통합하여, 본 차원의 신이 되는 것이었다.

'일어나야 했지만 일어날 수 없게 된' 세상 속에서 나는 라쿠아에게 이렇게 말했었다.

"본 차원의 안정을 되찾으면서, 당신의 역할은 다 끝 났습니다."

내가 본 차원의 신이 되어야만 하는 목적이 드러나는 대목이다. 궁극적으로 나는 본 차원의 질서를 안정시키기 위해 창조되었다.

차원의 질서가 왜 붕괴되었는가? 본 차원의 신이자, 하나였던 흑천마검이 마신에 의해 찢겨져 버리는 사건이 일어났기 때문이다.

생각은 다시 처음으로 돌아간다. 마신이 본 차원의 신을 둘로 찢어버린 것이 과연 인과율의 명령에 의해서였는가?

그 경우가 진실이 되려면, 라쿠아의 기억 속에서 들여다봤던 '일어나야 했지만 일어날 수 없게 된' 세상은 모두 거짓이 되어야 한다.

인과율에 관해선 무엇도 추정할 수 없는 현실이라지만, 의심의 여지가 없는 진실 하나가 있다.

라쿠아의 기억 속에서 들여다봤던 광경은 인과율이 예정해 두고 있던 일로, 우리는 그것을 섭리(攝理)라고 부른다.

마신이 하나였던 흑천마검을 둘로 찢어버렸던 사건은 인과율의 예정에 없던 일이었다. 마치 내가 인과율에서 벗어난 사건이 예정에 없던 일이었던 것처럼.

생각 셋.
오래전에도 이와 똑같은 생각을 했던 적이 있었다.

가령 마신이 인과율에게 반역을 꾀하고 있는 것이라면? 인과율은 그런 마신의 대항마로 나를 택한 것이라면?

하지만 그때의 사고와 지금의 사고에는 분명한 차이가 있다. 그때는 추측에 불과했었고, 지금은 드러난 사실들이 하나로 짜 맞춰진 결과물이라는 것이다.

그래서 당시의 추측은 인과율의 강력한 힘 앞에서 점점 힘을 잃었다.

하지만 이제.

여기저기 흩어져 있던 퍼즐 조각이 다 맞춰졌다.

중요한 물음이 있다.

우주는 무한히 넓은데, 마신은 왜 성 마루스와 중원을 꼭 집어 노렸던 것인가. 나와 직접적으로 관련되어 있던 세상들만을?

마신은 내게 부여된 목적을 알고 있었다. 옥제황월이 백운신검의 힘을 빌어 제 고향 세계로 도망치게 되고, 그렇게 내가 성 마루스로 가게 될 것이란 예정 또한 알고 있었다.

성 마루스는 내가 본 차원의 신이 되기 위해서 반드시 거쳐야만 하는 시공이었다. 신의 지위에 오르기 위한 결정적인 장치 또한 성 마루스에 배치되어 있었다. 중원이 시작의 장이라면 성 마루스는 종장(終章)이라 할 수 있는 것이다.

아마도 라쿠아가 볼 수 없었던 이야기에는, 성 마루스에서 삼위일체를 이루는 과정이 숨겨져 있었을 거라 짐작해 본다.

어쨌든 그 이야기가 없던 것이 되어버리고 만 이유로는 두 가지를 들 수 있다.

내가 인과율이 예정했던 대로 움직이지 않게 된 사정과 마신이 성 마루스를 장악하면서 애초에 성 마루스로 갈 수 없게 되어버린 사정이다.

생각 넷.

마신은 성 마루스와 중원을 공략해야만 했다. 두 시공
은 내가 거치기로 되어 있었던 시공이었고, 어느 한쪽을
장악하는 데 성공하는 것만으로도 인과율의 계획을 저지
할 수 있기 때문이다.

인과율의 현신인 드래곤들이 마신을 그렇게나 경계했던
반응들도, 마신이 인과율에 대적하고 있음을 반증하는 작
은 증거 중의 하나다.

정말로 오래된, 어느 날의 기억을 떠올려 본다.

기억을 인위적으로 뚜렷하게 만들지 않아도 그날만큼은
선명하게 기억난다.

영아의 젖니가 처음으로 났던 날이니까.

그날 나는 설아와 함께 본교로 돌아가던 중 암자에서
밤을 보내고 있었다. 그런데 난데없이 시공의 틈이 갈라
졌다.

거기에서 드래곤에 속박되어 혼자의 힘으로는 절대 도
망칠 수 없었던 백운신검과, 한 사람의 찢겨진 살점들이
튀어나왔다.

백운신검은 부서지기 일보 직전이었으며 그 살점들은

옥제황월의 것이었다. 또한 둘의 뒤를 쫓아 들어오는 게 있었으니, 바로 존엄하다고 느낄 만큼의 강력한 기운이었다.

당시에 나는 그 기운의 정체를 제대로 몰랐다. 드래곤의 힘이라고만 생각했었다.

하지만 이제 와서 돌이켜 보건대, 그 기운은 마기(魔氣)였다. 그리고 그날의 사건은 훗날 마신이 성 마루스를 장악할 수 있었던 결정적인 요소로 작용했다.

물론 가장 크게 작용했던 요소는 내가 인과율에서 벗어나는 사건이었을 것이다.

흑천마검과 나는 드래곤을 해치기로 되어있지 않았을 것이다.

드래곤은 성 마루스의 수호자였다.

*   *   *

인과율이 나를 어쩌지 못해서 내 주변인들을 공략하듯이, 마신은 나와 관련된 시공들을 공략하고 있는 중이다.

내가 인과율에 대적하기 이미 오래전부터, 마신은 인과율과 싸워오고 있었다…….

"네놈! 그랬구나. 네놈도 인과율에 대적하고 있는 것

이었어!"

나는 저쪽의 중원과 완전히 동일한 설계로 천지만상대진을 완성했다.

존마교도 다섯에서 시작되는 사건들이 시작되려는 찰나였으며 마신이 들어오고 있다는 느낌도 일순간 사라지던 때.

나는 존마교도 다섯을 모두 안전한 곳으로 데리고 나왔다.

"마물은 사라졌다. 여기에서 너희들이 할 수 있는 것들을 하거라."

그렇게 명령을 내린 뒤 다음으로 이동한 곳은 처음의 집무실 안이었다.

존마교 총체본단은 몹시 혼란스럽게 변해 있었다. 강한 기운이 폭풍처럼 일어난 뒤, 그들의 교주가 눈앞에서 사라졌기 때문이다.

장로 위타르에게 소동을 진정시키게 했다.

그렇게 홀로 남은 집무실에서 나는 막연한 기대를 품고 마석을 부숴보았다.

흘러나오는 마기들을 흑천마검에게 주입하고 기다렸다. 그러나 흑천마검의 자아는 과거처럼 자신을 잃고 공허를 떠돌고 있는 게 아니어서, 어떤 반응도 일어나지 않았다.

생각할 거리가 많아졌다. 인과율이 내게 부여했던 목적이나, 인과율과 마신 사이의 진실을 다 알게 된 것은 큰 소득이었다.

하지만 상황 자체만 놓고 보면 변한 건 크게 없었다.

적의 적은 동지가 될 수 있다고, 누가 말했던가.

마신은 적의 적이기 이전에 흑천마검의 적이다. 뿐만 아니라 중원을 침략하려는 괴물이다.

인과율을 갈기갈기 찢어버려야 하는 것처럼, 마신도 그래야 할 존재다. 오래전부터 흑천마검이 바라던 바가 그것이다.

그러나 마신을 찢어버려야 할 이유는 또 있었다. 마신은 한 차원의 신으로 우주와 대자연 그 자체라 할 수 있었다.

마신이야말로 인과율이 세상을 창조하며 세워둔 창조관의 집약체.

정녕 마신을 도모할 방법만 있다면, 온 우주의 비밀을 다 알게 되는 것이 아닌가!

거기에 흑천마검을 다시 되살릴 방법이 반드시 있을 것이다. 하지만 현실적으로 마신을 도모할 수 있는 방법이 없는 것이 정말로 분했다.

죽은 흑천마검을 쥐고 있으면 있을수록 간절히 기다려지는 게 있다. 그러나 안다. 애송아, 하면서 나를 부르는 목소리가 거기에는 이제 없었다.

나는 상 위에 펼쳐져 있는 양피지로 관심을 돌렸다.

완성된 상태는 아니었다.

너무도 익숙한 개념들이 깃들어 있기 때문에, 한번 훑어보는 것만으로도 그것이 무엇인지 알 수 있었다.

"명왕단천공."

애초에 혈마가 명왕단천공을 창시한 데에는 삼위일체의 개념을 깨달았기 때문이었다.(인과율이 의도한 대로)

하지만 여기의 혈마는 그저 영생을 이룰 목적으로 명왕단천공을 만들고 있던 것으로 보인다. 군데군데 그런 흔적들이 남아 있다.

신경질적으로 불어나간 기풍이 눈앞에 자리하고 있던 것들을 모두 날려 보냈다.

양피지들이 쓰레기처럼 아무렇게나 날아다니는 꼴이 오히려 더 거슬렸다. 기운을 조금 움직인 것으로, 혈마의 쓸데없는 물건들이 한꺼번에 증발했다.

"비로소 너와 나만 남았구나. 흑천마검."

그제야 가슴에 응어리져 있던 뭔가가 약간이나마 해소되는 기분이 들었다.

지금의 혈마는 필요 없어졌다. 경지가 얕아서 내게 부족한 부분을 채워 줄 수 없었다. 녀석이 마신에게 끌려간 것은 문제 될 게 없다.

하지만 백운신검은 다르다.

백운신검은 혈마가 자연체의 경지를 이룩했던 당시에 함께 했었을뿐더러, 그때의 혈마를 참 그리워했었다. 백운신검이 그때를 기억하고 있다면 내게 큰 도움이 될 것이다.

백운신검을 이 시공으로 데려오는 방법은 간단하다. 마신에게 끌려가기 이전의 시간으로 흘러갔던 것들을 무(無)로 되돌리면 된다.

하지만 나는 공허로 떨어지겠지.

사람이 숨을 쉬어야만 하는 이유와 과정이 그러듯이, 내가 공허로 떨어지게 되는 과정들은 인과율이 세상을 창조하며 세워둔 창조관이다.

인과율의 온갖 창조관 중에 빈틈이 있을까? 백운신검을 내 손에 쥘 방법이?

가장 최선은 이 시공에서 방법을 찾는 것이다.

하지만 백운신검이 존재했던 이 시공의 어디로 시간을 돌린들, 결과는 전부 똑같다.

공허로 떨어진다.

혈마와 백운신검이 마신에게 붙잡혀 가기 전쯤, 그러니까 지금으로부터 한 시간 전쯤으로 되돌려도 나는 흑천마검과 함께 공허로 떨어지게 된다.

반면에 즉위식 때로 되돌리는 경우에는 오로지 나 혼자만 공허로 떨어지게 되어 있다.

그 경우 흑천마검과 백운신검이 혈마의 수중으로 들어가게 되고, 그저 기물로만 존재하는 흑천마검은 모래시계의 힘까지 품고 있어 혈마에게 엄청난 힘을 부여할 것이다.

그렇다면 다른 시공으로 눈길을 돌려봐야 하는데, 과연 고대의 중원에서 탄생한 모래시계의 힘이 다른 시공에서는 통할까 하는 것이다.

결과는 실망스러웠다. 흑천마검이 찢겨진 이후 처음으로 떨어졌던 시공에서는, 모래시계의 힘이 통하지 않았다.

그렇다고 해서 실망하긴 일렀다. 진짜 중원은 실험해 봤었던 시공이나 가족들의 세상과는, 다른 선상에 놓고 생각해야 하니까.

중원에서만큼은 그 힘이 통할 가능성이 높은 게 사실이었다.

일단 뿌리가 같다.

지금에 와서는 과거니 미래니 할 것 없이 전혀 다른 시공이 된 두 세계지만, 모래시계를 공유하던 시간대가 있었다.

그게 문제였다.

애초부터 그럴 가능성이 배제되어 있다면, 이렇듯 고심하지 않아도 될 문제.

하지만 가능성이 열려 있었으며, 더욱이나 그 가능성 안에는 백운신검을 되찾을 방법이 존재하고 있었다.

그날에 말이다.

영아의 젖니가 처음 났던 날에.

＊　　　＊　　　＊

진짜 중원에서밖에 방법을 찾을 수 없다면, 대신 모든 일이 신속하게 이뤄져야 한다.

인과율이 학살을 저지를 틈 없이 시간을 돌리고, 또 인과율이 학살을 저지를 틈 없이 바로 이 시공으로 돌아와야 한다.

다행히 인과율의 창조관 아래에서는 그런 게 가능했다.

그 힘의 스위치를 켜고 시간을 무로 되돌리기까지 걸리

는 시간은 그야말로 찰나, 그것이 인과율 스스로가 정해 놓은 법칙이다.

또한 극한의 시간대가 인과율의 공격으로부터 시간을 벌어줄 수도 있다.

다만 시간을 얼마만큼 되돌리는지 상정하는 데 있어, 백운신검의 유무만큼이나 중요한 조건이 영아였다.

아직 태어나지도 않는, 내 아들을 다시 볼 수 없게 된 것만으로도 가슴이 이리도 아픈데 어찌 영아를 내 손으로 지울 수 있을까.

그래서 백운신검과 영아가 공존하고 있던 날을 떠올렸다.

한편 라쿠아의 삶이 참으로 기구하다는 생각도 들었다. 지금의 계획이 성공한다면, 라쿠아도 덩달아 살아나게 된다.

여기에서 삶을 끝으로 안식을 찾길 바랐건만…….

검자루에 힘을 가했다.

언제나 아름답게만 보였던 푸른 빛무리가 지금 이 순간은, 한 치 앞도 볼 수 없는 안개나 마찬가지였다.

계획은 어디까지나 계획이다.

그리고 계획이 성공하든 실패했든, 그 결과만큼은 내 뜻대로 되지 않았던 바들을 무수히 겪어 왔다.

불안하고 두렵구나. 심장을 강제로 가라앉히며 두 눈을 부릅떴다.

쏴악!

극한의 시간대부터 돌입했다. 많은 사람들이 내 주위에 몰려들어 있는 상태였다. 그들 모두는 화마에 사랑하는 사람들을 잃고, 나와 함께 참으로도 많이 울었던 사람들이다.

설아와 설아의 다리를 붙잡고 있는 영아 그리고 흑웅혈마와 색목도왕도 바로 지척에 있었다.

아직도 커다란 절망이 그네들의 만면에 번진 채로 나를 기다리고 있었다.

그러나 모래시계의 힘이 여기에서 통한다면, 백운신검을 되찾게 되는 것과는 별개로 이 재앙 또한 모두 없던 일이 되어 진다.

하지만.

그래도 흑천마검은 살아나지 않는다.

이때 흑천마검은 내게 무슨 말을 하려 했던 것일까. 이날의 녀석이 다시 눈앞에 어른거리고 만다.

"이 몸께서 네놈을……."

하던 말을 다 끝마치지 않고, 왜 그리 슬픈 표정만 지었던 것이냐. 이리될 줄 알기라도 했듯이 말이다.

나는 쓰라린 가슴을 움켜쥐는 대신, 흑천마검 쥔 손을 비틀었다. 그렇게 모래시계의 힘을 끄집어내도록 시도해 본다.

통해라 통해!

비명 지르듯이 속으로 외치고 또 외쳤다.

화답이 있었다.

흑천마검에서 터져 나온 금빛 광휘가 전신을 와락 덮쳐 왔다.

팟!

화마에 사방에 전소되어 있던 직전의 광경이, 그날의 암자 안 광경으로 바뀌었다.

찢긴 시공 안에서 난입해 온 백운신검과 옥제황월의 살점 그리고 거기서 이미 터지며 들어온 마기들은 지금으로부터 조금 전의 일들이다.

내가 되돌릴 시간대로 상정한 때는, 일련의 사건들이

어느 정도 마무리가 되었던 때다.

그래서 설아는 당시에 그랬던 대로, 백운신검의 파편을 모으던 자세로 느릿해져 있었으며 다시 갓난아기로 돌아간 영아는 설아의 품에 안겨 있었다.

하지만 정말로 통했다는 사실에 기뻐하거나 두려워할 여유조차 없었다.

"꺄아아악!"

흑천마검을 쥐고 있던 주먹 안이 텅 비어버린 동시에, 백운신검이 비명을 지르며 소환됐기 때문이었다.

백운신검의 비명 소리.

사람의 혼백을 어지럽히는 귀곡성(鬼哭聲)과 조금도 다르지 않았다. 주변에 직접적인 영향 또한 끼친다.

나는 설아와 영아, 두 여자부터 보호했다. 그런 다음 백운신검을 쳐다보는데, 백운신검은 정말이지 고통스러워하고 있었다.

한 번씩 확 까뒤집어지는 두 눈 안의 동공은 정처 없이 방황하고 있었으며, 양손으로는 어느 날의 흑천마검처럼 제 머리를 쥐어뜯고도 있었다.

보고만 있을 시간이 없다.

인과율이 이 세상에 뭔가를 또 저질러 놓기 전에 백운신검을 가지고 여기에서 떠나야 한다. 어쩌면 이미 시작되었을지도.

쉬익.

백운신검을 향해 손을 뻗었다. 그 순간에 붉고 푸른 자극이 번뜩였다.

명왕단천공?

백운신검뿐만 아니라 혈마의 백(魄)까지 돌아온 것이다.

한데 등골이 오싹했다. 명왕단천공이 백운신검에 관하여 보내오는 이미지들 때문이 아니라, 전방에서 발견한 틈 때문이었다.

거기는 당시에 백운신검이 시공을 찢었었던 자리이자, 이제는 일점(一點)만큼이나 작게 작아져 완전히 닫히려던 순간이었다.

그러던 그것이 다시 열리려 한다. 그리고 느껴진다.

거기에 흘러들어 오는 충만한 마기가!

"꺄아아악!"

그때 백운신검이 명왕단천공의 경고대로 움직였다. 웅크리며 고통스러워하던 자세를 일순간 쭉 펴더니, 나를 향해 와락 덮쳐 왔다.

머리카락은 산발하고 두 눈은 초점을 잃었으며 날카로운 이빨들을 번질거리는 것이 제대로 미친 꼴.

"히에엑!"

그런데 그런 백운신검의 목을 움켜잡는 찰나에도, 시공의 틈이 빠르게 벌어지고 있었다.

젠장.

저건 시공의 틈이 아니다.

성 마루스가 마신의 주관하에 놓인 이후로 저것의 성질이 완전히 바뀌었다. 차원과 차원 사이를 통하는 통로가 되어 버렸다. 마신이 흘러들어 온다.

한편 여기저기 튀어 있던 옥제황월의 살점들이 꾸물꾸물 움직이는 것도 보였다.

과거에는 없었던 일이다.

나는 하나로 뭉쳐지고 있는 옥제황월의 살점들을 불태워버렸다.

"흑천마검!"

그러면서 뒤로 손을 뻗었다.

아무런 반응도 일어나지 않는 잠깐의 공백이, 흑천마검의 죽음을 다시 알려온 것도 바로 그때였다.

내가 빨아올린 기운에 흑천마검이 강제로 쏠려왔다.

흑천마검은 철함 안에 있었다. 과거에 흑천마검의 파편을 모아 가지고 다니던, 그 철함 안에서.

흑천마검도 백운신검도 모두 수중에 들어왔다.

"……."

그럼에도 불구하고 다른 시공으로 넘어갈 수 없는 까닭은, 마신은 시간의 영향을 받지 않는다는 창조관 때문이다. 성 마루스는 그렇게 여겼다.

이미 적지 않은 마신의 일부가 이 세상 안으로 녹아든 상황이다.

그동안 중원은 마신에게 여러 번 노출됐었다. 천년금박의 진정한 실체가 뭔지도 모르고 죄인들을 마계로 떨어트리던 때들도 그렇거니와, 무로 사라진 시간대에서 혼원귀에 있었던 일들까지.

마신의 일부는 이 세상에 누적되고 있는 중이다. 지금도.

저 틈을 봉인하는 게 급선무다. 천지만상대진을 떠올렸다. 하지만 여기에는 영아가 있다. 갓난아기에 불과한, 영아가 견뎌내기엔 너무나 강렬한 기운이 곧 휩쓸고 말 것이다.

이전처럼 흑천마검이 두 여자를 보호해 주지도 못한다. 저 백운신검에게 그걸 기대할 수도 없다.

사건이 일단락되었던 지금의 시간대를 알맞은 시기로 보았다.

그래서 백운신검이 시공을 찢으며 막 날아들던 때가 아니라 지금으로 되돌린 것이었는데, 나를 노리고 있는 건 인과율만이 아니었다.

마신 또한 기회만을 엿보고 있었다.

지금으로부터 더 이후로 시간을 되돌려 놓았다 한들, 일어났을 일이다.

놈은 여기가 아니라면, 천년금박을 다시 공략했을 것이다. 천지만상대진으로 봉인되지 않은…….

"정신 차려라!"

백운신검을 속박하고 있는 끈에 기운을 주입시킨 것으로 그녀가 정신을 차리길 바랐다. 하지만 백운신검은 똑같았고, 나는 설아와 영아를 안전한 곳으로 피신시켜 둬야 했다.

그리고 그 일은 극한의 시간대 안에서는 할 수 없는 일이었다.

"교주님?"

설아는 내 품에 안기고, 영아는 설아의 품에 안겨 있었다.

그때 설아의 시선은 내 어깨너머로 고정되어 있었다. 설아에게도 그 순간에 보이는 게 있었던 것이다. 쫙 찢어진 저쪽 안의 광경 말이다.

나는 두 여자를 안고서 밖으로 뛰쳐나갔다. 버려진 암자의 조그마한 뜰 위,

거기에 두 여자를 내려놓는데, 암자를 밝히고 있던 그 안의 불빛이 확 꺼져 버렸다.

심상치가 않았다.

불빛은 꺼진 것이 아니라 어둠에 잠긴 것이었다.

마신이 주관하는 땅에서 똑같은 현상을 겪은 적이 있었다. 아니나 다를까, 암자를 구축하고 있는 온갖 틈새들 사이로 검은 기운들이 빠져나오기 시작했다.

느릿하게 꿈틀대지만, 거기에 응집되어 있는 힘이 느껴진다. 언제고 사나운 들개처럼 확 튀어나와 이 세상을 물어뜯을 것들이다.

산중에 버려진 작은 암자가 마기의 집약체로 변했다.

어딜!

힘을 최고조로 끌어 올렸다.

내 몸으로 빨려 들어왔다가 다시 불어나가는 대자연의 기운들이, 암자 전체로 뻗어 나갔다.

내가 두 눈을 부릅뜨고 지켜보고 있는데, 침략이 가능할 것 같으냐!

확실히 마기는 내가 펼친 기막(氣膜)을 뚫지 못했다. 이 세상에 녹아들지도 못한다. 기막에 가로막힌 대로, 그 안에서 뭉치고 또 뭉쳐대면서 암자의 외관까지도 감춰졌다.

마치 거대한 검은 공을 반으로 갈라놓은 듯한, 반원구의 형태였다. 또한 거기는 작은 빛조차 빠져나오지 못하는 곳이 된 지라, 완전한 검은 색채였다.

외관상으로도 심각한 위험이 응집되어 있었다. 그렇다고 함부로 손댈 수는 없다.

저것들이 퍼져 나오는 순간, 고스란히 중원 곳곳으로 녹아들어 버린다.

저것들은 혈마가 마물들을 죽이지 않고 천년금박 안으로 몰아넣었던 이유와 똑같이, 나왔던 곳 안으로 다시 밀어 넣어야 한다.

그런데 지금껏 마신의 공격 형태는 이렇지 않았다.

마신도 본격적이 되었다.

인과율이 어느 한 시점에서 내 목숨을 노골적으로 노리기 시작한 것처럼, 마신의 태도에 있어서도 지금 이 순간이 변환점인 것 같았다.

나, 인과율, 마신.

어느 둘 간의 연합이 이뤄질 수 없는 삼각 구도가 형성되어 있는 것 같이 보여도, 사실은 그렇지 않았다.

마신과 인과율이 손을 잡지 않았을 뿐.

둘 모두 나를 우선적으로 공략하고 있는 게 실정이다. 특히나 내 삶의 영역을 전화(戰火)로 몰아넣었다.

마신의 저 검은 반원구는 지금 내 앞에 있다. 그렇지만 내 시선에 미치지 않는 어떤 곳에선 인과율이 또 무슨 짓을 저지르고 있을지 모른다.

필시 그럴 테지.

쿵쿵.

환통마냥, 심장이 있었던 자리에서 세찬 박동이 치는 것만 같았다.

서둘렀다.

어둠을 가두고 있는 기막에 기운을 주입했다.

그러자 반원구의 크기가 조금씩 줄어들었다. 어둠에 갇혀 보이지 않았던 암자의 외관도 서서히 드러나던 때였다.

찰나의 다급함에 놓치고 있던 느낌 하나가 퍼뜩 뇌리를 스치고 지나갔다. 오른 손아귀 쪽이다. 흑천마검의 검자루에서 느껴지는 힘 중에 하나가 빠져 있었다.

모래시계의 힘이 사라져 있다.

흑천마검에게 완전히 흡수된 게 아니었던가?

그래서 모래시계가 존재하지 않는 시간대에 온 것으로, 모래시계의 힘이 사라지게 된 것인가? 이런 식으로 제힘을 회수해 간 것이냐.

빌어먹을.

백운신검은 이 와중에도 정신을 차리지 못하고 계속 비명만 지르고 있었다. 백운신검을 쥔 왼 손아귀 쪽이 계속 시큰했다.

암자 안으로 공간을 뛰어넘었다.

검은 반원구는 진작 쪼그라들었다.

차원의 틈이 벌어졌던 부분을 중심으로만 어둠이 응집되어 있는 게 보일 만큼, 상당량의 마기가 틈 속으로 되밀려져 있었다.

마기가 계속 차원의 틈을 향해 쪼그라들면서, 어둠 속에 감춰져 있던 게 서서히 드러난다.

인형(人形)?

누군가 어둠 속에 서 있었다. 차원의 틈 너머에서 건너왔구나 싶었는데, 그림자마냥 서 있는 그 자세가 꽤 익숙했다.

옥제황월이 생각났다.

구태여 마기를 더 밀어내서 어둠에 감춰져 있는 그 얼굴을 드러내지 않더라도, 곧 무엇을 보게 될지 알 수 있었다.

형상을 갖추지 않아야 하는 존재가 형상을 갖췄던 적이 있었다.

마계에서였다.

거기에서 마신은 옥제황월을 본떠 제 형상을 갖추고 나와 흑천마검 앞에 나타났었다. 그 일의 반복이구나 싶었다.

하지만 여기는 마계가 아니다. 마신은 형상을 갖춰서는 안 될 존재였듯이, 아직 여기에 들어와서도 안 될 존재다.

차라리 잘 되었다. 천재일우(千載一遇)의 기회라고 여겼다. 지금을 놓치면 언제 다시 마신을 끝장낼 수 있는 기회가 있을지 모른다.

그런데 어둠 속, 사람의 그 형상이 점점 좁아지고 있는 공간을 피해 안쪽으로 이동했다. 그렇게 잠깐 보였던 형상이 빠르게 사라졌다.

이런 식으로 다시없을 기회를 놓치고 싶지 않았다. 형상을 다시 드러내도록 악을 썼다.

한 평 남짓한 공간만을 남겨두고 모든 마기가 밀려 나가던 바로 그때.

슷!

마침내 드러나려던 형상이 갑자기 사라졌다. 그러는 동시에 설아와 영아가 있는 방향 쪽으로 웬 기척이 출몰했다.

있어서는 안 될 살의(殺意)가 거기에서 번뜩였다.

안 돼! 안 돼에에에!

나는 지금까지 살아왔던 삶 중에서 가장 빠른 속도로 몸을 던졌다.

그러고는 멈춰버렸다.

움직여서는 안 됐다.

설아와 영아의 뒤에 바짝 서 있는 자가 보였다. 뿐만 아니라 그자의 몸에서 칼날처럼 뻗어 나와 있는 기운이 정확히 설아와 영아의 목에 닿아 있었다.

마기로 가득 찼던 어둠 속의 형상은 마신이 아니었다.

분명히 불태웠었던 살점들이 다시 뭉쳐져서 만들어진 것이었다.

옥제황월.

놈이 나를 노려보는 두 눈에 강렬한 경고가 깃들어 있었다.

움직여 봐라.

그럼 이 두 여자는 죽게 될 것이다.

*　　　*　　　*

구더기 같은 모습으로 부활한 옥제황월의 숨소리에서 놈의 기억이 흘러들어 온다.

놈은 지금 얼마나 위험한 일을 저지르고 있는지도 모르

고 있었다.

드래곤으로부터 해방되던 순간에 겪었던 고통의 기억,
여기에서 다시 부활한 순간의 기억. 그리고 마신의 가호
로 말미암아 설아와 영아가 있는 쪽으로 이동되어 졌던
기억.

그게 전부다.

놈에겐 마신에게 받은 직접적인 명령이 없음에도 불구
하고, 설아와 영아를 인질로 잡고 있었다. 마신은 이걸 노
렸다.

"백운신검은 왜 그 모양이지?"

놈이 물었지만, 나는 놈이 형성한 기운에 온 신경이 다
쏠렸다.

놈이 칼날로 형성한 기운은 정말로 위협적이다. 놈을
제압하는 건 너무나도 쉬운 일이지만, 저 기운만큼은 조
금 다르다.

사이한 기운.

그 기운은 내가 마음대로 다스릴 수 있는 기운이 아니
다. 다른 차원의 것일뿐더러, 놈도 바보는 아니라서 그 기
운에 일종의 장치를 걸어두었다.

폭렬(爆裂).

본인이 위험하다고 느낄 때 기운이 터진다. 더욱이 설

아와 영아의 목에 직접 닿아 있는 상태였다. 물론 그러한 상황이 오기 전에 놈을 소멸시킬 수 있을 것이다. 99.99%의 확률.

다만…….

두 여자가 위험할 수 있는 아주 조금의 여지가, 나를 정지시켰다.

한편.

차원의 틈 안으로 거진 다 밀어 넣었던 마기가 다시 태동하고 있었다. 역시나 일순간에 암자를 집어삼키며 나타났다.

마지막보다 커다란 형태로 갈래갈래 뻗친다. 또 녹아든다.

"물었다. 백운신검은 왜 그 모양인 것이냐."

그러면서 옥제황월이 한쪽 팔을 내밀었다. 제게 백운신검을 건네라는 뜻이었다.

나는 제삼안(三眼)으로 마기의 형태를 확인했다. 마기는 이 세상에 녹아들고 있는 양보다도, 뻗어 나오는 것들의 양이 더 많았다.

그래서 마수같이 검은 그것들이 내 등 바로 뒤쪽까지 꽤나 가깝게 확장되어 있었다.

"지금, 누구를 인질로 잡고 있는지 아느냐? 그 아이

는…….”

“내가 한 번 죽였었지.”

안타까운 옥제황월은 영아가 아니라 설아를 향해서 말했다. 그러면서 놈이 뻗은 손을 까닥거렸다. 빨리 백운신검을 내놓으라고.

그때 놈의 기억 세계가 내 소관으로 들어왔다. 놈은 인질로 붙잡고 있는 갓난아기가 제 핏줄인 걸 모르고 있었다.

　　“소녀가 데리고 있던 아기는 삼제 중 일인이었
　　던…… 전 무림맹주 황월의 핏줄이옵니다. 대인.”

　　“일말의 양심은 있었던 모양입니다. 여식에게 순금
　　으로 된 장신구를 쥐여주고 떠났으니까요. 아기의 밑
　　에 넣어두었던 걸 보셨습니까?”

나는 그날의 기억을 놈에게 보여주었다.

그런데 놈은 강제로 다른 기억이 주입되는, 그 비슷한 현상을 드래곤의 속박하에 있었을 때 겪어 본 적이 있었다.

그래서 내가 보여준 것을 믿지 않고 영아를 쳐다보았다.

장신구를 찾으려는 모양이나, 현재 벌어지고 있는 사태는 그렇게 한가롭지 않았다.

　고삐 풀린 명왕단천공은 끼어들 때가 아닌지도 몰랐으며.

　— 꺄아아악!

　백운신검 또한 또 비명질이며.

　차원의 틈에서 뻗어 나온 마기는 우리를 집어삼키기까지 일보 직전이었다.

　선택해야 한다. 약간의 위험을 감수하고 옥제황월을 소멸할 것인지, 아니면 옥제황월의 기억 쪽을 다시 도모해 보든지.

　그런데 그때.

　"안 돼!"

　그건 내가 내지른 소리가 아니었다. 옥제황월에게서 터져 나왔다.

　나는 옥제황월보다 훨씬 빨랐다. 놈이 외치기 이전에 몸을 던져 놓았다.

　한없이 느려진 시간대 안이라지만, 생체반응이라는 게 있다. 두 여자의 심장이 미동조차 없이 일순간 정지해 버렸다.

　내가 하지 않았어!

나를 향해 흔들리는 옥제황월의 두 눈이 그렇게 외치고
있었다.

안다.

이건 인과율의 짓이다.

인과율은 제 놈의 잔혹한 방식대로 빈틈을 만들어냈다.
두 여자의 심장을 정지시킨 이유는 내가 아니라 옥제황월
에게 있었던 것이다.

인과율도 이 중원까지 마신에게 잠식당하는 것을 원치
않는다.

그런데 또다시 두 여자의 목숨을 도구로 삼다니, 용납
할 수 없는 일이다.

"흡!"

옥제황월이 놀라서 기운을 거뒀다. 그렇게 그가 인질을
잃어버린 시점에 나는 그를 얼마든지 소멸시킬 수 있었
다.

그때 보였다.

때는 내 눈길이 닿은 거기로, 두 여자의 심장을 다시 뛰
게 만들었을 때였다.

극한의 시간대 안이어서 두 여자가 죽고 살고 난 전후
의 과정은 크게 눈에 띄지 않는다. 그러나 옥제황월은 그
조그마한 차이를 눈치챌 재간이 있었고, 영아를 바라보던

놈의 두 눈이 한결 풀어졌다.

후우.

옥제황월이 안도의 한숨을 쉬었다.

영아가 제 핏줄임을 인정한 것이었다.

그게 전부였다면, 당장 옥제황월을 소멸시켰을 일이었다.

끼어들 때를 모르고 끼어든 명왕단천공이, 옥제황월을 죽일 온갖 방법들을 이미지로 보내오기 전까지만 해도 그랬다.

그런데 명왕단천공의 자극이 뇌리를 건드렸을 때.

나는 정신없는 지금에서도 놓치지 말아야 할 것이 무엇인지 깨달았다.

정신 나간 백운신검은 또 비명을 지르고 있다.

"꺄아아악."

＊　　　＊　　　＊

영아가 걸음마를 시작하고, 옹알이가 제법 제대로 된 발음으로 바뀌고, 그렇게 어느 날에는 일곱 살로 작은 숙녀가 된 영아의 모습까지.

영아의 이후 성장 과정들을 보여주었다.

직전에 내 기억의 한 단면만 보여줬던 것과는 양적으로도, 질적으로도 차원이 달랐다.

옥제황월 입장에서는 어마어마한 기억들이 범람하는 격이라 할 수 있었다. 그것만으로도 나는 그를 얼마든지 붕괴시킬 수 있었지만, 그렇게 하지 않았다.

어차피 기억이 주관하는 세계는 물리적 의미의 시간(時間)이 존재하지 않는다.

때문에 영아와 관련된 수많은 기억들을 옥제황월과 공유하는 긴 흐름들이, 바깥의 정신없고 복잡한 현실과는 상관없이 흘러가기 시작했다.

한없이 느릿하고 멀게 말이다.

본시 옥제황월의 부정(父情)은 그리 크지 않아 보였다.

영아의 생모에게도 '운우지정을 나눈 것이 아니라 수련의 일종이었으니, 크게 상심치 말라.'라고 말하며, 만일 아기를 가지면 준 금붙이로 아이를 키우라고 전했던 것이 전부였으니까.

하지만 그때는 영아의 생모가 정말 아이를 가지게 될지, 그리고 이런 식으로 영아와 조우하게 될 줄은 꿈에도 몰랐던 때였다.

옥제황월이 영아를 보며 일으켰던 감정은, 내가 라쿠아

의 기억 속에서 아들을 보게 되었을 때의 느꼈던 바와 조금도 다르지 않았다.

옥제황월에게도 진짜 부정이란 게 있었다. 그러니 후회를 하는 것이다.

영아의 존재를 일찍 알았더라면 이렇듯 괴물이 되는 일은 없었을 터인데, 그랬다면 영아의 아버지는 내가 아니라 자신이 될 수 있었을 것이란…….

그 무렵 옥제황월은 나와 길고 많은 기억들을 공유하다가, 바깥에서 벌어지고 있던 일을 완전히 잊어버린 상태가 되었다.

이제 옥제황월의 사고는 한 가지 생각으로만 움직이고 있었다.

'모래시계. 아아. 모래시계여. 시간을 되돌려, 지금까지 해왔던 실수들을 모두 없던 일로 하고 싶다. 영생의 괴물로 방황하는 삶을 없던 것으로 하고, 한 아이의 아비로 살아보고 싶다.'

내가 보내온 삶이야말로 어떤 삶에서도 느낄 수 없는, 가장 강렬한 희노애락(喜怒哀樂)과 애절한 사랑이 품어져 있다.

그래서 나는 조금도 왜곡시키지 않았다. 있는 그대로를
펼쳐 놓았다.

"영아라고 하였느냐. 네가 교주님을 보필하고 있었
구나. 네가 노부보다 낫다."

흑웅혈마의 그 목소리 앞에서 영아를 껴안고 펑펑 우는
것을 시작으로, 옥제황월은 처음부터 다시 시작된 흐름
안에서 '내'가 되었다.

역할이 바뀌었다.

그는 설아와 함께 영아를 데리고 장강을 유람하였고,
바깥의 사달이 일어난 그날에는 설아와 영아의 몸에 튀긴
제 살점을 닦아주었다.

영아가 고열에 시달리는 날에는 노심초사하였으며, 라
쿠아를 찾아 극한의 시간대 안에서 헤매던 날들 안에서는
한 번씩 잠든 영아를 보면서 안식을 얻었다.

또한 거대 철물의 소우주에서도 영아와 설아를 계속 상
기했다.

그렇게 그는 영원한 세월로 여겨질 긴 삶을 영위했다.
하지만 어떤 이야기든지 간에 끝이 있기 마련, 종장의 순
간이 도래했다.

인과율이 노골적으로 두 여자의 목숨을 노리는 걸 알게 된 날.

그는 두 여자의 처소를 천년금박 안으로 옮겼다.

그러나 그는 강남 궁에 화마가 덮치는 것까지는 어쩌질 못했다. 설아와 영아 그리고 두 호교법왕을 내버려 둔 채 강남으로 왔다는 사실도 깨달았다.

다시 두 여자가 있는 공간으로 돌아갔을 때에는, 두 여자의 심장이 멈춰 있었다.

"설아! 영아!"

그가 두 여자를 한 번에 안아 들며 절규했다.

끝!

정지!

그대로 모든 게 멈췄다.

오로지 그만이 기억 세계 안에서 움직일 수 있었다.

그는 재빠르게 대자연의 기운을 움직이도록 시도해 보거나, 멈춰있는 흑천마검과 합일을 이루려고도 했었다.

그러나 그런 공능은 내가 겪게 해주었던 삶 속에서나 가능한 일일 뿐이었다.

그의 눈길이 자신의 손으로 자연스럽게 옮겨졌다. 매끄러웠던 인간의 손이 더럽게 썩은 괴물의 손으로 바뀌어져 있었다.

그가 황급히 영아와 설아를 바닥에 내려놓았다. 더러운 손으로 영아를 만지면 안 된다는 일념에서 비롯된 행동이었다.

"……내게 무엇을 바라는가."

그가 홀로 중얼거렸다. 입이 열리던 순간에는 눈물이 뚝 떨어졌다.

자신이 혈마교주가 아니라, 옥제황월이란 사실을 강제로 깨닫고 있는 과정 중에 있었다.

그리고 그 과정에서 옥제황월이란 사람이 얼마나 별것도 아닌 존재인지 또한 깨닫는다.

옥제황월은 한때 나의 적수였지만, 지금은 아무것도 아니었다.

그는 찰나의 시간만 벌 용도로밖에 쓰일 데가 없었다. 소모품밖에 되지 않는다. 마신은 그를 부활시켜 더욱 비참하게 만들었다.

"나는 아무것도 할 수 없다. 너희들에게 나는…… 보잘것없다."

옥제황월은 나와 마신 그리고 인과율을 하나로 통합해 부르며, 자신을 비하했다.

그러면서 옥제황월의 시선은 영아에게서 떠나지 않았다.

여기가 비록 기억 속 허상의 세계라고 해도, 심장이 멈춘 상태인 두 여자의 모습은 나로서도 괴로운 광경이었다.

스윽.

두 여자의 심장이 다시 뛰고 혈색도 돌아왔다. 그제야 안심한 옥제황월의 시선이 내게로 옮겨졌다. 그의 표정이 묘했다.

행복과 고통이 공존하고 있다.

"그러니까 네가 직접 말해 주어라. 내가 무엇을 해야 되는지."

절대적으로 진심이 깃든 말이었다. 마신은 그에게 허울 뿐인 영생을 줬지만, 그 영생도 완벽한 것이 아니었다.

그러나 내가 그에게 준 것은, 애절한 사랑의 감정이었다.

본래 그에겐 허락되지 않았던 감정.

그는 내가 시키는 일이라면 제 나머지 영혼 반쪽이 다 깨지는 일이 있더라도, 강행할 의지가 있었다.

"잠깐……."

옥제황월이 마저 말을 이었다.

"고맙다."

짧은 한 마디.

그는 내가 왜 그에게 새로운 삶의 기억들을 보여주었는지 모르지 않았다. 그는 내 능력이 어디까지인지 알게 되었다.

이 정도로 심도 깊게 기억 세계에 관여했다는 것은, 내가 그를 얼마든지 마음대로 조종할 수 있음을 뜻했다. 번거롭게 명령 따위를 내리지 않더라도.

옥제황월은 라쿠아만큼이나 불쌍한 녀석이다. 모두가 그렇다.

나도, 옥제황월도, 라쿠아도.

그때 옥제황월이 다 준비가 되었다는 듯이, 나를 향해 고개를 끄덕였다. 죽음을 각오한 눈빛이 두 눈 안에서 번뜩였다.

"지켜야 할 게 있다. 네 몸이 부서지는 한이 있더라도, 그것을 지켜라."

"설아와…… 영아인가? 아니. 난 할 수 없겠지. 그럼 무엇인가?"

"위패."

인과율이 세워놓은 창조관의 빈틈이 그것에 있다.

*　　　*　　　*

현실로 나오자마자, 나는 한 번에 두 가지 일을 벌여 놓았다.

하나는 바로 가깝게 밀려오는 어둠을 대항해 기운을 일으키는 일이고, 다른 하나는 존마교의 교단으로 통하는 공간을 찢어 놓는 일이다.

공간을 찢으며 나는 아직 '시작'되질 않길 바랐다. 만약 시작되었다 하더라도 너무 늦지 않길 바랐다.

이번만큼은 인과율보다 앞서거나, 비등하길 간절히 바랐다.

아아.

처음이었다.

쫙 찢어진 틈 안으로 존마교 교단에서 시작되고 있는 일들이 보이고 느껴졌다.

어마어마한 균열.

보이지 않는 지각 밑에서는, 사상 초유의 지진이 시작되면서 일어나는 힘의 파장이 막 터져 나오고 있던 찰나였다.

한편 내가 직접 위패를 옮겨보려 했던 시도는, 강력하게 밀고 나오는 마신의 힘 앞에서 한 수 접어둬야 했다.

내 판단이, 내 결정이 옳았던 것이다.

이번만큼은 인과율보다 늦지 않았다.

옥제황월은 망설이지 않고 그 안으로 뛰어들었으며.

영아를 잘 부탁한다.

그런 당부 따위를 남기지도 않았다. 나도 그에게 경고 같은 것을 하지 않았다. 우리는 서로에게 어떤 말도 해야 할 필요가 없었다.

이제 내가 해야 할 일은 한 가지로 줄어들었다.

틈을 닫아 버린 다음.

마신의 어둠을 암자 안으로 밀어 넣으며 한 발자국씩 옮겨 나갔다.

제4장

혼연일체(渾然一體)

　정마교의 교단 쪽으로는, 내가 수습해야 할 일이 남아 있지 않았다.

　옥제황월의 형태가 이를 말해주고 있었다. 그는 나와의 약속을 지켰다. 인과율이 위패를 부수기 위해 막 일으켜 두었던 대지진의 충격파를 모조리 제 몸 안으로 받아들인 것.

　그래서 위패에는 조각조각 난 그의 살점들이 사정없이 묻어 있었다.

　위패를 마주하는 순간, 역시 명왕단천공은 제 반쪽을 좇아 자극을 일으키기 바빠졌다. 나는 위패를 움켜쥐며 옥제황월이 내게 했었던 말을 되돌려주었다.

"고맙다."

＊　　　＊　　　＊

마신의 어둠을 몰아낸 자리와 천년금박에도 천지만상대진을 완성하고, 옥제황월의 희생으로 위패를 지켜냈지만.

문제는 이미 중원에 잔뜩 녹아들은 마신의 일부분에 있었다.

내가 만든 허상(虛像)의 침대 위에 설아와 영아가 깊은 잠에 빠져든 것까지 확인한 다음, 대진 밖으로 나왔다.

강남 궁이 또 전소된 것은 아닌지, 두 호교법왕의 심장이 멈춘 것은 아닌지.

다행히도 살핀 모든 게 잠잠했다.

폭풍우 치던 밤이 지나간 것만 같았다.

마신과 인과율.

그것들과의 싸움은 괴롭다.

눈에 보이지 않을뿐더러 전능한 능력으로 예측이 어려운 것들이라, 지금의 정적이 더 큰 재앙으로 치닫기 위한 숨 고르기처럼 느껴지는 게 사실이었다.

그런데 생각하면 할수록 이상한 일이다. 지금까지 인과

율이 보였던 행태들을 생각해 보면 납득이 되지 않는다.

인과율은 내가 마신에게 대적하고 위패에 신경을 쓰고 있던 도중에, 얼마든지 새롭고 끔찍하며 엄청난 재앙들을 남겨둘 수 있었다.

하지만 인과율은 그러지 않았다. 대지진을 일으켜 위패의 존재 자체를 없애려 했던 것을 끝으로, 새롭게 벌여둔 일이 없었다.

미간의 할라로 미래를 엿봐도 그랬다.

그동안 인과율은 절망에 빠져 있는 내 미래의 모습을 보여줌으로써 나를 위협해 왔었다.

그런데 지금, 깜깜하다.

이제는 양손으로 얼굴을 파묻고 괴로워하는 내 모습 따윈 온데간데없이 사라져 있었다. 공허 같은 어둠만이 펼쳐져 있을 뿐이었다.

"교주님?"

흑웅혈마가 당황한 얼굴로 나타났다.

강남 궁 집무실에서 공무를 보던 갑자기 정체 모를 힘이 그의 전신을 엄습했고, 저항할 틈도 없이 여기로 옮겨졌기 때문이다.

흑웅혈마의 고개가 홱 돌아갔다. 자신의 뒤를 이어 바

로 연달아 나타난 색목도왕을 향해서였다.

"아!"

흑웅혈마와 색목도왕이 놀란 눈빛을 교환한 것도 잠깐, 둘의 시선이 일제히 내게로 향했다. 둘은 내 양손에 하나씩 들린 흑천마검과 백운신검 또한 자연스럽게 발견했다.

둘에게는 백운신검마저 내 손에 쥐어져 있는 것이, 갑자기 이동되어진 상황보다도 더욱 놀랍게 여겨졌다. 특히 흑웅혈마 쪽이.

"타계에 다녀오셨군요."

흑웅혈마는 그렇게 말하며, 내가 따로 다친 곳은 없는지 그것부터 빠르게 살폈다.

"서둘러라."

내가 먼저 암자로 들어가는 문지방을 넘었다.

겉에서 볼 때는 전란 중에 버려진 어느 흔한 암자에 불과하지만, 문지방을 넘는 순간부터 신(新) 세계가 펼쳐진다.

*　　*　　*

흑웅혈마와 색목도왕이 대진 안으로 들어왔다. 둘은 여기가 지금까지 겪어보지 못했던, 새로운 세계임을 전혀 알지 못했다.

아직 둘에게 여기는 총체본산의 지존천실 내부로밖에 보이지 않았다.

흑웅혈마가 설아를 보자마자 그쪽으로 향했다. 그러고는 설아가 혼절한 것이 아니라 그저 깊은 잠에 빠져있다는 것을 확인하고는 마음을 놓았다.

그때 색목도왕은 창가에 서서 미동도 하지 않고, 그 너머만 바라보고 있었다.

색목도왕의 반응이 이상하다고 느낀 흑웅혈마는 색목도왕의 곁으로 이동했다. 그렇게 흑웅혈마도 이 세계의 진실을 목도했다.

창 너머로 아무것도 존재하지 않았다.

없다. 없어.

망망대해처럼 끝없이 넓을 뿐, 사방으로 펼쳐져 있어야 할 숲과 십시는 물론이고 심지어 하늘에는 태양이나 달조차 없었다. 그럼에도 불구하고 세상은 새하얗게 밝았다.

두 호교법왕은 내가 부르기 전까진 그 기묘한 광경에서 헤어나오지 못했다.

"이, 이게 어찌 된 일입니까."

색목도왕이 호들갑을 떨었다.

흑웅혈마도 말없이 기다리고는 있지만, 정신이 하나도

없는 상태였다.

갑자기 내 앞으로 이동되어져 온 것은 둘째치고, 분명 진법을 통해 지존천실로 들어온 것까지는 맞는데, 정작 지존천실 밖은 그야말로 무(無)의 세계였으니까.

"흑웅혈마."

"예. 교주님."

"또 적지 않은 시간들이 되돌렸다. 너희들만큼은 무슨 일이 있었는지 알아야겠지."

둘에게 지나간 일들을 모두 보여주었다.

단, 둘의 정신이 붕괴될 여지가 깃들어 있는 영겁의 시간들은 제외시켰다.

예컨대 거대 철물의 소우주를 떠돌던 시기나, 라쿠아의 무한한 기억을 헤매던 시기들은 단편적인 광경으로만 함축시켰다.

그 모든 걸 보고 난 둘은 아무 말도 없어졌다. 아니, 할 수가 없었다.

알고는 있었지만 흑웅혈마는 참 눈물이 많은 사람이다. 둘은 어떤 말을 하기보다는, 강남 궁이 전소되었던 당시와 똑같이 울음을 터트렸다.

하지만 잠든 설아를 의식해서 우는 소리를 죽인다. 둘

도 영락없이 나와 똑같은 생각을 하고 있었다. 구태여 설아에게까지 이제는 '일어나지 않게 된 일'을 가르쳐 주어서, 자신들과 똑같은 슬픔을 겪게 하고 싶지 않은 마음이다.

더불어 그리도 불쌍하고 딱한 교주님의 인생에 대해서도……

그때 흑웅혈마가 갑자기 몸을 일으켰다.

마음을 추스른 그는 내 침소가 있는 방향으로 뛰어갔다. 그제야 색목도왕도 문득 생각나는 게 있어, 흑웅혈마의 뒤를 빠르게 쫓았다.

흑웅혈마는 침소 벽에 걸린 물건 앞에 서 있었다.

중원의 지존천실을 고스란히 본떠 만든 이곳이지만, 흑웅혈마의 앞에 있는 걸려 있는 물건은 진짜 지존천실에는 없는 물건이다.

지존천실만이 아니라, 중원 전체에서도 찾아볼 수 없는 물건이다.

나는 그것의 상(象)을 사춘기 시절에서 썼던 내 방의 물건에서 따왔다.

교복을 입고 머리를 만질 때 사용했었던 현대식 거울.

거울 전면으로 나란히 서 있는 우리 셋의 모습이 비쳤다. 외형상으로는 보다시피 평범한 거울일 뿐이다. 그러나 진실은 평범과는 거리가 너무 멀다.

사춘기 시절에 내가 저 거울 같은 것으로 중원을 올 수 있었듯이, 여기에서의 저 거울은 성 마루스로 통한다. 마신이 주관하는 놈의 차원으로.

즉.

거울은 차원의 틈이다.

천년금박에 펼쳐진 과거의 천지만상대진에도 똑같은 장소에 저것을 두었었고, 지금 다시 거기에 펼친 천지만상대진에도 저것들이 존재한다.

흑웅혈마가 불안이 섞인 눈길로 거울을 노려보다가 우리를 향해 몸을 돌렸다.

"괜찮다. 놈도 생각이란 게 있다면, 섣불리 들어올 수는 없을 것이다."

내가 말했다.

거울 안에서 또다시 무엇이 튀어나온들, 대진 안에 갇힐 뿐이다.

대진은 그럴 용도로 만들어졌으니까.

"예. 그래도 이제야 하나, 소마들이 교주님께 도움이 되어 기쁘기 그지없사옵니다. 여기는 걱정하지 마십시오. 소마들이 목숨을 걸고 지키고 막겠사옵니다."

그런데 두 호교법왕은 내가 둘을 여기에 데려온 이유를

오인하고 있었다.

마신을 막으라고 데려온 게 아니다. 설사 일이 잘못되어 마신이 중원을 장악하게 된다 한들, 인세(人世)를 살아가는 사람들의 삶에는 조금도 영향이 없다.

이 세상을 주관하는 신의 이름만 바뀔 뿐이다.

내가 말했다.

"난 어디로 가지 않는다."

좀 더 정확히 말하자면, 다른 시공으로 갈 수가 없게 되었다.

오늘 있었던 사달로 너무도 많은 마신의 일부분이 중원에 녹아들었다. 인과율이 끼어들 수밖에 없을 정도로 위험한 지경까지 말이다. 마신은 아주 작정하고 노렸었다.

그 결과 중원은 아주 조그마한 침략만으로도 마신의 주관하에 놓일 정도로 위태로워졌다.

내가 위패에서 창조관의 빈틈을 찾아냈듯이, 마신도 어떤 돌파구를 찾아내기라도 한다면? 하물며 마신은 시간에 제약을 받지 않는 존재다.

중원이 마신에게 넘어갈 수 있는 여지를 남겨두고 어찌 떠날 수 있겠는가.

한데 어떻게 내가 이 모든 걸 느낄 수 있게 되었을까.

흑천마검은 죽었지만 살아 있었다.

무슨 말인가 하면, 나는 원래 마신을 느낄 수 없어야 했다.

일전에 마신과 마주쳤던 경험이 내게 새로운 지각(知覺)을 가져다줬고, 그 지각으로 마신을 느낄 수 있게 됐다고 생각했었다.

하지만 아니었다. 그런 능력은 본시 흑천마검의 것이지 내 것이 아니었다.

죽었음에도 불구하고, 잔존해 있는 흑천마검의 공능이 내게 그런 능력을 부여했던 것이다!

혹 정말로 살아있는 것은 아닐까?

인과율이 시선을 보내오는 중심, 그 미지의 영역처럼 내가 인식하지 못하는 또 다른 영역 안에서 나를 지켜보고 있는 것은 아닐까…….

그리 믿고 싶다.

"하오시면?"

흑웅혈마가 반문했다.

"지금부터 폐관에 들 것이다. 그대들에겐 그 시간이 내가 타계를 가고 왔을 때처럼 찰나일 수가 있다. 허나 아닐 수도 있지."

"……."

"나는 여기 어디에나 존재할 것이다. 그러니 그대들에

게 내리는 내 명령은 단 하나. 이 세계에 어떤 위험이 조금이라도 감지되거든, 나를 불러라. 하면 나는 그대들 앞에 나타날 것이다."

"조…… 존명."

두 호교법왕은 몸을 떨었다. 흑웅혈마가 말했던 대로, 처음으로 이 전쟁에서 내게 도움을 줄 수 있기 때문이었다.

위패를 꺼내 들었다. 명왕단천공은 벌써부터 제 혼백의 반쪽을 알아차리고 자극을 일으키기 또 바빴다. 옛날 그대로, 망령의 목소리가 메아리쳤다.

— 혼백합일(魂魄合一), 혼백합일, 혼백합일, 혼백합일, 혼백합일, 혼백합일, 혼백합일, 혼백합일.

오냐.

네 원을 들어주마.

＊　　　＊　　　＊

혈마가 받은 충격은 몹시 컸다.

그는 인과율에서 벗어나기 위해 삼위일체의 개념을 창시했지만, 기실은 그 모든 게 인과율의 의도대로였다.

거기에서 가장 큰 충격을 받았다. 삼위일체는 인과율을

벗어나는 방법이 아니라, 도리어 인과율에 더욱 얽매여지는 방법이었다.

더 정확히는.

"본 차원의 신이 되는 방법이었단 말인가. 하면 나는 왜…… 무엇 때문에."

혈마가 중얼거렸다. 물론 그는 그 답을 알고 있었다.

그가 자연체까지 돌입할 수 있었던 것도, 삼위일체의 개념을 창시해 두었던 것도 모두 나를 위한 안배였을 뿐이다. 내가 거쳐 가야 할 과정에 지나지 않았다.

물론 그가 저항하지 않은 건 아니었다. 좌절하지 않고 내 육신을 차지할 시도를 하긴 했었다.

하지만 의식 세계 안에서 이뤄지는 혼백의 싸움은 바깥 세계와는 전혀 다르다. 혼백의 크기를 논한다. 그리고 내 혼백의 크기는 혈마보다 월등하다.

혈마의 시도는 시작하던 순간에 없던 일이 되어 버렸었다. 그의 혼백이 하나로 합쳐졌던 직후에 일어났던 일이었다.

"흐흐."

혈마가 나를 바라보며 서서히 일어났다.

"가증스럽구나. 참으로 가증스러워. 내 원통한 것은, 네게 삼켜지기 때문이 아니다. 인과율이 내가 아닌 너를 택했기 때문도 아니니라. 이 만악(萬惡)의 근원인 고놈을 끝까지 대면하지 못하고 가는 것이, 너무도 원통한 것이다. 나를 이렇게나 농락하였거늘. 우리 모두를 농락하고 있거늘."

비록 일어난 모든 일이 인과율에 의도대로, 안배대로 이뤄진 일이라고는 하나.

그가 시대를 앞선 선구자로서 해왔던 노력까지 폄하한다면 정말로 슬픈 일이다.

그는 곧 내게 삼켜지는 것으로 영원히 소멸될 처지. 나는 본교의 전신(前身)이기도 한, 그의 최후 언사를 들어주고 있었다.

하지만 그것도 길지 않았다.

마지막 말을 끝으로 닫힌 혈마의 입술은 다시 열리지 않았다. 대신 강렬한 눈빛만큼은 내게 그리 외치고 있었다.

나를 삼켜라. 그리고 다 찢어버려라!

혈마의 혼백을 삼키는 순간.

그의 일생이 한꺼번에 펼쳐지는 것은 둘째치고, 의식 세계 안으로 커다란 물결이 일어났다.

혈마의 혼백이 내 혼백의 크기에 비해 작다고는 하지

만, 혈마의 혼백도 수천 년의 삶에 큰 깨달음으로 커질 대로 커진 대물이었다.

분명 혈마의 혼백은 내 혼백의 크기를 전과 비교할 수 없을 정도로 확장시켰다.

과거 거대 철물의 소우주에서 혼백의 크기를 키웠을 때에는, 미간의 할라를 자유자재로 다루고 인과율의 시선 또한 느낄 수 있는 영적 능력이 곁딸려 왔었다.

이번에도 마찬가지.

그런데 어떤 특정 능력이 아닌 더욱 고귀한 것이 딸려 왔고, 그 깨달음이 나를 깊은 혼란 속으로 빠트리기 시작했다.

내 혼백이 혈마의 혼백까지 삼켜 더 커졌다고 하더라도.

여전한 세계의 진실이, 내 혼백이 몹시 작고 변변치 못한 상태임을 말해 주고 있었기 때문이었다.

그렇다. 나는 혼백이 어디까지 커질 수 있는지 알게 되었다.

한계치에 비하니, 지금 내 혼백은 사막의 모래 알맹이보다도 작았다.

그리고 그 한계치는 감히 말하건대.

지금까지의 모든 시공 전 인류의 혼백을 한데 다 합쳐

놔도 이룰 수 없는 크기이며, 이는 신 급의 영역일 수밖에
없었다.

식령 같은 방법으로는 엄두도 낼 수 없는 크기.

즉, 인과율의 창조관 아래 '신의 영역'으로 설정되어
있는 것이다.

그런데 인과율은 그 영역으로 갈 수 있는 방법을 예정
해 둔 바 있다.

바로 삼위일체다.

이 끝없는 고통이 거기에서 시작되었다.

나는 삼위일체를 이루기로 되어 있었다. 그래서 우주같
이 광활한 저 영역을 차지하고, 본 차원의 질서를 안정시
키는 것이 내 역할이었다.

하지만 인과율의 계획은 물거품이 되었다. 지금에 와서
도 흑천마검을 완전히 소멸시키는 그 계획에는 조금도 동
조할 생각이 절대 없다.

그 녀석은……

내가 다시 소생시킬 것이다.

각설하고.

신의 영역을 엿본 건 이번만이 아니었다. 최후의 경지
또한 그 단편이다.

인과율은 온 세상을 창조하며, 온 세상이 움직일 수 있도록 많은 법칙들을 심어 두었다.

우주가 운동(運動)하고, 대자연에서 생명이 품어질 수 있는 환경들을 조장해 두었는데.

무공과 마법뿐만 아니라 자연체의 이 경지까지도, 그 안에 깃들어있던 온갖 법칙들이 조합되어진 결과물이라 할 수 있었다.

궁극적으로 그 법칙들이 다 조합되어진 것이 '신'이다.

그런데 이미 오래전부터 인과율의 계획은 어긋날 대로 어긋났다.

나는 자연체를 이루어서도 안 됐고, 마계에서 거대 철물 안의 세계를 경험해서 안 됐으며, 마법의 근원을 파헤쳐서도 안 됐으며, 천지만상대진을 조합하면서 최후의 경지를 엿봐서도 아니 되었다.

또한 혈마의 혼백을 삼위일체가 아닌, 식령의 방식으로 삼켜버리는 일도 없어야 했다.

그렇게 그 모든 일이 합쳐지자 세계의 진실로 통하였다.

인과율은 삼위일체로 나를 본 차원의 신으로 만들려고 했지만, 신의 영역에 도달할 수 있는 방법은 삼위일체로 유일하지 않았다.

최후의 경지는.

창조관의 모든 법칙을 다 깨달은 그 상태는…….

＊　　　　＊　　　　＊

혈마의 일생은 오로지 무(武)를 관철하기 위한 삶이었다.

자연히 이 땅의 전통적인 개념들을 받아들여, 거기에 통달하기까지.

그는 극한의 시간대 안에서 길고 긴 세월을 고독하게 살아왔다. 때로는 인과율이 의도적으로 개입했다 여겨지는 사건들이 안배되어 있기도 했다.

그런데 결정적으로는 흑천마검과 백운신검의 존재가 그 역할을 담당하고 있었다.

두 반신에게 휘둘리지 않기 위해 시작했던 혈마의 공부는, 스스로 더 도달할 데가 없는 경지까지 도달한 시점에서 끝이 났다.

그렇게 두 반신 사이에서 해방될 수 있는 경지에 도달하였음에도 불구하고, 새로운 번민이 그를 기다리고 있었다.

끊임없이 자신을 지켜보고 있는 시선, 혹은 시선들의

존재를 알게 된 것.

그는 그 시선들로부터 벗어나기 위해 삼위일체의 개념을 떠올리게 된다.

다시 처음으로!

나는 혈마가 무(武)를, 인간과 세계에 대한 궁극의 기본 원리로 이해하게 되는 세월들을 무수히 되감아 보았다.

무극, 태극, 양의, 삼재, 사상, 오행, 육합, 칠성, 팔괘, 구궁, 십방.

무학을 이루는 전통적 개념 안에는, 창조관의 법칙들이 깃들어 있다. 이 땅의 사람들은 그 법칙들로 하여금 우주를 이해하고 사람을 이해하려 한다.

애송이 시절에 검마에 의해 강제로 할 수밖에 없었던 공부들도, 혈마의 비급으로 익혔던 공부들도, 합일의 순간에 느꼈던 바들에서 멈춰있던 공부들도 모두 지우고.

과거 마법의 근원을 궁리했었던 세월들과 똑같은 마음으로, 혈마의 공부에 동참했다.

물론 매 순간 두 반신에게 시달리게 되는 사건들이 혈마의 공부를 방해하고, 또 나를 방해하기 일쑤이긴 했다.

그렇지만 그렇게나마 생생하게 살아있는 흑천마검의 모

습을 지켜보는 것은 새로운 활력소가 될 뿐만 아니라.

더군다나 확실히.

혈마의 혼백을 삼켜 영적 크기가 커진 일까지 합쳐져서, 오히려 큰 도움이 되고 있었다.

한 사람의 기억을 무한히 되돌려보면 나를 잃고 그 사람에게 동화되기 쉬우나 (특히 지금처럼 한 가지에 몰두해 있을 때), 자주 보이는 흑천마검이 나를 깨우고 커진 영적 크기가 이를 지탱한다.

그러니 지금이야말로.

온 세계가 나를 중심으로 움직이고 있는 것 같았다. 라쿠아가 줄곧 말해왔던 인과율에 대한 것이 아니라, 온갖 역경들을 감내해 온 결실이 바로 지금으로 다 뭉쳐지는 것 같았다.

이윽고 혈마의 기억을 되감지 않아도 되는 때가 도래했다.

혈마의 삶을 몇 번 되감았는지는 세지도 않았다.

다시 처음부터 시작돼서 마침내 혈마가 자연체의 경지에 도달하던 시점!

나도 그 중심에 있었다.

혈마의 전신으로 대자연의 기운이 몰아닥치는 순간이, 내가 지켜보던 마지막이었다.

그가 깨달은 바를 나 또한 동시에 깨달아 내 몸 안으로 받아들였던 그때.

바로 그때.

시작됐다.

느껴진다.

혼백의 크기가 확장된다.

커지고 또 커진다.

부풀어 오르며 온 세상을 충만(充滿)시킬 기세다. 가히 그랬다.

천지만상대진을 넘어 바깥의 중원 세계에서도, 거기에 존재하는 모든 만물(萬物)이 내 안에서 움직이고 있었다.

가족들의 세상에서 전 인류와 링크했던 당시에는 느낄 수 없었던 감각이 계속 커지는 중으로, 내 통제를 빠르게 벗어났다.

비단 생명을 품은 것들뿐 만이랴. 그렇지 않은 것들이 어디서 어떻게 자리하고 있는지, 왜 내가 그것들을 인지하고 있는지 나는 알 수가 없었다.

모든 인식(認識)이 한꺼번에 일어나고 있었다. 때문에 나는 어딘가로 던져지는 느낌을 받았다. 그런데 마치 어머니의 자궁과도 같아, 아주 오래전부터 나만을 위해 준비되어 있던 친숙한 공간 안에 있는 기분이었다.

그래. 어쩐지 낯설지 않은 기분이었다. 내가 펼친 천지만상대진 안의 신세계를 관조하고 있을 때와 다르지 않았다.

하지만 그때는 어딘가 빈 공허함이 공존하고 있었는데, 지금은 그렇지 않았다.

혼백이 확장되고 있는지, 의식이 확장되고 있는지. 아니면 동시에 일어나고 있는 일인지. 선후(先後)는 중요한 게 아니었다.

나는 더 크고 넓게 커져 가는 중이었고, 중원의 시공을 금세 넘었다.

빅뱅, 그 대폭발의 순간이 과연 이러했다. 중원 땅에서 고개를 들면 보이는 해와 달 그리고 무수히 많은 별들의 세계까지 한꺼번에 내 품 안으로 들어왔다.

그곳들의 생명과 생명이 아닌 것들을 하나하나 셀 수 있게 되었다고 생각 들었을 때에, 거대한 확장이 폭발을 거듭했다.

*　　　*　　　*

세 가지 운동이 순차적으로 일어나며 확장을 일으킨다.

응집과 결합 그리고 폭발 순이다.

중원이 속해있는 우주 만물을 모두 알게 되는 것이 응집이고, 알게 된 것들을 내 안으로 품는 것이 결합이며, 더 넓은 세계를 인식이 하게 되는 것이 폭발이다.

신의 영역에 진입하는 첫 길목에 들어선 것이다.

종국에는 확장이 무한히 반복되다가, 나는 본 차원의 전부가 될 터.

곧 우주와의 합일(合一).

혼연일체(渾然一體)!

하지만 실로 무서운 일이 아닐 수 없었다. 포궁(胞宮)에서 느꼈던 친숙함은 더 크게 일어나는 두려움에 진작 파묻혔다.

천체를 질서정연하게 운행시키는 법칙으로, 그러한 현상으로, 혹은 절대적인 의지 하나로만 움직이는 완전무흠(無欠)한 존재가 된다는 것은······.

단지 수중에 강력한 힘을 얻게 되는 것과는 차원이 다른 문제이기 때문이다.

그동안 신에 대해서, 상(象)을 갖춰서는 아니 되는 존재라고 생각해 왔었다. 인격이 있어서는 안 되는 존재라고 생각해 왔었다. 그리고 그 생각은 틀리지 않았다.

중원에서 기억을 다 소거하고 중원의 수호신으로 존재하려 했던 때에는, 단 하나만 생각하면 됐다.

저 미지의 영역에서 내 사람들의 생명을 마음대로 다루는 존재에 대항하는 것.

거기에만 의미가 있었다.

하지만 지금 이 순간.

고작 중원이 속해 있는 우주만을 포용했을 뿐인데도, 그 우주에서 파생되어져 나오는 온갖 소우주(평행 우주)들의 생명과 생명이 아닌 것들까지도 다 주관할 수 있게 되었다.

그것들을 주관하게 되었다는 의미는, 그것들이 거기에 존재할 수 있게 만드는 책임이 내게 있다는 뜻으로.

이는 인격을 지닌 절대자가 할 수 있는 일이 결코 아니었다.

인격은 사고를 제한한다. 어찌 사람의 마음으로 머리로, 천체를 운동시키고 자연의 조화를 이룰 수 있단 말인가!

폭발이 한 번 더 일어났다. 지극히 짧은 순간에 더 많은 우주를 알게 되었다. 우주는 종잇장 같은 단면이 아니라서, 인지할 수 있는 영역을 가로로 세로로 조금씩 넓혀 가는 방식이 아니었다.

수천 개의 우주, 그 우주에서 파생되어져 새로이 생성되는 소우주들.

또 거기에 존재하는 무한한 만물(萬物)들.

그것들의 숨을 느끼고 행동을 보며 생각을 읽고, 거기에 존재해야만 하는 이유와 목적들이 한꺼번에 쏟아져 들어오려 한다.

결합 이후의 더 큰 폭발을 위해서.

아아아!

나는 비명 아닌 비명을 질렀다. 여기서 더 망설이고 인간의 마음과 사고 능력을 유지한다면, 모든 게 의미가 없어질 일이다.

나는 붕괴되고 말 것이다. 혹은 자연히 인격이 소멸되거나.

그럼으로써 가족들이 살아가는 세상처럼, 멈춰있던 세상들은 다시 질서를 되찾아 움직이게 될 것이다.

만일 인과율의 의도적인 개입이 있다면 본 차원을 주관하는 나의 절대적인 의지가 이를 인지하고 바로 무마시킬 것이다.

흑천마검…….

설아…….

영아와 영아…….

흑웅혈마 색목도왕…….

아버지, 어머니……

그리고 나의 교도들이여…….

나는 그대들을 잊는 게 아니오.

정녕 내가 전능(全能)하게 된다면, 내 인격과 지금의 사고는 고스란히 그 땅의 나에게 이어질 것이니.

나는 갖춰서는 안 될 상(象)을 거기에 만들어 둘 것이오.

그러니 내가 곧 그고, 그가 곧 나인 것이오.

제5장

상(象)

　"교주님. 교주님!"

　나를 부르는 소리에 눈을 떴다. 설아가 나를 흔들어 깨우고 있었다. 그런데 흑웅혈마와 색목도왕은 침소 밖에서 백운신검과 대치 중에 있었다.

　두 호교법왕에게 백운신검은 검형으로밖에 보이지 않으나, 내게는 발광하기 일보 직전인 미친 여자의 형상이 고스란히 보였다.

　"교주님은 아직이신가!"

　흑웅혈마가 이쪽으로 외치는 소리가 들렸다.

　"깨어나셨어요!"

설아도 바깥을 향해 외쳤다.

사태가 위급해서 설아의 머리는 아무렇게나 헝클어져 있었으며, 영아도 자지러지게 울고 있었다.

나는 그런 설아의 머리칼을 넘겨주었다. 물론 설아는 내게 이럴 때가 아니라는 표정을 지었다. 하지만 그때 백운신검이 퍼트리고 있던 꺄아아아악, 귀곡성이 잠잠해졌다.

색목도왕이 뛰어 들어왔다.

"다행입니다! 교주님. 백운신검이 이상합니다. 갑자기……."

"괜찮다."

"하오나!"

"마음 놓거라."

나는 그렇게 말하며 백운신검이 자리한 곳으로 걸음을 옮겼다.

거기에서 흑웅혈마는 전력을 다 끌어 올린 채로 백운신검을 노려보고 있었다.

여차하면 선천진기까지 일으킬 준비가 끝나 있는 상태로, 온몸이 땀으로 흠뻑 젖어 있었다.

"조심하십시오."

흑웅혈마는 내가 백운신검 정도는 간단하게 제압할 수

있다는 것을 알면서도 경고를 잊지 않았다.

그러나 두 호교법왕이 우려했던 몹쓸 사건 같은 건 없었다. 내가 천천히 걸어가 바닥에 눕혀져 있는 백운신검을 집어 든 게, 사건의 전부였다

"조짐이 심상치 않았습니다. 그,그런데 폐관은 끝내신 것이옵니까? 혹 소마들 때문에 뜻하신 바를 이루지 못하고 중단한 것은 아니신지요?"

나는 고개를 저었다.

모두 이루었다. 전부 다 이루고 말았기에, 인과율에게서 설아와 영아 그리고 두 호교법왕을 대진 안으로 숨기고 있을 필요도 없어졌다.

"고맙구나. 허나 걱정할 것 없다. 이제 여기서 나가자꾸나."

"하오나 대진 바깥은 인과율이…… 그 하늘에 노출되어있지 않습니까?"

"다 끝났다."

그때 지은 내 미소가 그리도 밝았었나 보다. 뒤따라 나온 설아의 품에 안긴 영아가, 나를 보더니 울음을 바로 그치는 것이었다.

그러고는 나를 향해 방실 웃는다.

"네 아비가 누구인지, 알아보는 모양이구나."

영아의 뺨을 톡 건드리며 말했다.

설아도 흑웅혈마도 색목도왕도 어떻게 돌아가는 사정인지 몰라, 내 손에 들린 백운신검과 나를 번갈아 쳐다보았다

"아! 흑천마검은 저쪽에 떨어져 있습니다. 저쪽입니다. 교주님."

색목도왕이 나를 안내하려던 그 순간 그대로, 나는 모든 사람들을 대진 바깥으로 이동시켰다.

여전한 밤이었다. 대신 그들을 이동시킨 곳은 산중에 덩그러니 놓인 암자가 아니라, 그리도 그리운 성체본산인 혈산의 진짜 지존천실 앞이었다.

멀리로 혈산을 둘러싸고 있는 십시의 불빛이 아련히 보이는 곳이고, 아래로는 본교의 전각들이 달빛 아래에서 뾰족하게 서 있는 광경이 보이는 곳.

흑웅혈마와 색목도왕은 이제야 정체불명의 기이한 세계가 아닌 진짜 중원으로 돌아왔음을 깨닫고는, 동시에 작은 감탄을 뿜어냈다.

아, 하고 말이다.

"심려가 많았겠구나. 오늘 밤은 지존천실에서 편히들 쉬거라."

"하오나 교주님……."

지금까지 나와 본교에 어떤 고난과 재앙이 있었는지 다 알게 된 둘이라, 나를 바라보는 표정이라 참으로 슬퍼 보였다.

　나는 살짝 웃으면서 말했다.

　"걱정 말거라. 체념한 게 아니다. 이제 하늘이 나를 위협하고 너희들을 소중한 삶을 마음대로 하는 일이 결코 없을 것이다. 같다고는 할 수 없겠지만, 오늘 새로운 하늘이 섰다."

　"새로운 하늘……."

　내 사람들의 시선이 자연히 밤하늘을 향해 올라갔다.

　만월이 참으로 아름다웠다. 여기뿐만 아니라 가족들의 세상에서도, 우리 가족들 또한 똑같이 아름다운 저 달 같은 것을 보고 있을 것이다.

　"먼저들 들어가 있거라. 나는 생각을 정리하다 들어가겠다."

　"정녕…… 다 끝난 일이옵니까?"

　"그러지 않고서는 어찌 내가 이리 웃을 수 있겠느냐. 아니 그러하느냐? 설아야."

　"……날씨가 춥습니다."

　설아는 알 듯 모를 듯한 표정을 지어 보이고는, 두 호교법왕을 지존천실로 끌고 들어갔다. 이제 내 곁에 남아 있는 건 두 반신뿐이었다.

하나는 죽은 흑천마검이고, 다른 하나는 미친 백운신검이다.

흑천마검을 내려다보며 말했다.

"말했지 않았는가. 내가 너를 기필코 소생시킬 것이라고. 이제야…… 하나를 네게 갚을 수 있겠구나. 아직도 멀었지만."

인과율이 예정해 둔 일들 안에는 완전히 죽은 흑천마검을 살려낼 방법이 따로 존재하지 않았다.

그러나 전능(全能)에는 제약이 없는 법. 전능이란 그런 것이다.

단, 반신의 문제만큼은 예외라 할 수 있을 것이다. 녀석의 부활은 거기에 빛이 있으리라는 식이 아닌 다른 방식으로 시작됐다.

흑천마검의 검신에 머물러있는 기운이 백운신검을 향해 움직였다.

백운신검이 흑천마검의 기운을 빨아들이는 것처럼 보였고, 흑천마검의 기운이 백운신검을 침투하는 것처럼도 보였다.

분명한 건 백운신검이 제 빛깔을 잃어가기 시작했다는 것이다. 동시에 흑천마검의 검신에 머물러 있는 검은 색채도 서서히 희미해지는 중이었다.

잠잠했던 백운신검이 내 손아귀에서 발버둥 치기 시작한 것도 그때였다. 미친 것의 힘은 더욱 강해진다더니 영락없이 그 짝이었으나, 그녀의 목소리까지도 점점 힘을 잃어갔다.

마지막 발악으로 인간형의 모습이 되어 나를 할퀴어 대려 했다.

그러나 백운신검의 손톱은 보이지 않는 힘에 막혀 내 육신을 조금도 건드리지 못했다.

사납고 독살스러우면서도 광기가 혼재되어 있는 눈빛만으로 나를 노려보는 게, 백운신검이 할 수 있는 저항 전부였다.

화아악!

변화는 소리 없이, 갑자기 일어났다. 백운신검의 눈빛이 너무도 그리웠던 그 눈빛으로 변하는 조짐을 보이는 찰나.

백운신검의 고개가 뒤로 확 꺾여졌다. 부들부들 떠는 세세한 움직임 한 번씩마다, 머리카락이 더 길어지고 검은색도 진해져 갔다.

정말로 다시 듣고 싶었던 목소리가 바로 앞바람처럼 흘러들어왔다.

그때 차분하게 나를 향한 얼굴은 더 이상 백운신검의 것이 아니었다.

흑천마검.

녀석의 얼굴이 바로 앞에서 나를 마주하고 있었다.

"애송이, 너……."

흔들리고 있는 녀석의 두 눈을 향해 나는 어떤 표정을 지어야 할지 생각나지 않았다.

녀석의 부활을 기뻐하며 미소를 지어야 하는 것인가, 아니면 얼굴을 굳혀야 하는 것인가.

손에 쥐어져 있던 검 자루 하나는 산산조각 나더니, 허공에서 사라져갔다.

"이뤄냈군."

"덕분에."

나는 진심으로 대답했다.

"당연한 말을."

흑천마검이 그렇게 대구하며 천천히 밤하늘로 시선을 옮겼다.

그런데 하늘을 보고 있지만, 흑천마검은 당시를 회상하

고 있었다. 오염된 모래시계를 삼켜 죽기 직전에 알게 된 이 세계의 진실을 말이다.

이윽고 분노가 끓어오를 대로 오른 흑천마검이 나를 확 쳐다봤다. 그 어느 때보다 무서운 얼굴이었다.

"이루었으니 너도 알겠구나. 저 너머에 무엇이 있는 지."

의외로 목소리만큼은 차분했다. 즉각 분노를 터트리기 에는 생각할 것이 너무도 많은 것이다.

나는 거기에 대고 고개를 천천히 저었다.

"흑천마검. 저 하늘을 아름다운 밤하늘로만 바라볼 수 없겠는가. 그저 보이는 대로만."

내 대답이 마음에 들지 않는 까닭에, 흑천마검의 눈썹 이 신경질적으로 꿈틀거렸다.

"진실을 아는데, 설마 이것으로 만족하자는 것이냐? 네 생각이냐. 아니면."

흑천마검은 본 차원의 만물을 포용하고 있는 '어디에서 나의 나'를 뭐라고 불러야 할지 결정하지 못해, 입을 다물 어 버렸다.

"왜 나누어 생각하는가. 내가 나고, 내가 나인데."

흑천마검이 나를 째려봤다.

"참 잘나셨군."

이제야 흑천마검에게 어떤 표정을 지어 보여야 하는지 알 것 같았다.

살짝 웃어 보이는 것으로 흑천마검을 달랬다.

"오늘은 기쁜 날이다. 우리가 다시 만났어. 너는 기쁘지 않느냐? 다른 것들 때문에 지금을 망치긴 싫구나. 그러니 지금은."

효과는 있었다. 흑천마검이 금방이라도 하늘을 향해 돌진할 것 같은 기세를 보였던 것도 서서히 누그러지기 시작했다.

나는 흑천마검에게 손바닥을 펼쳐 보였다. 주먹만 한 크기의 구형으로 빛을 내며 나타난 그것은, 흑천마검의 배를 채워주기에 모자람이 없었다.

"흥."

흑천마검이 그렇게 콧방귀를 뀄어도, 한 손으로는 벌써 집어 들고 있었다.

"마음에 안 들어."

흑천마검이 우적거리며 여전히 짜증 난다는 식으로 말했다.

물론 무엇이 마음에 안 드는지 꼭 꼬집어 말하지는 않았다.

그러나 인과율이 더 이상은 이 세계에 개입할 수 없게

되었고, 잔뜩 녹아들었던 마신의 일부도 전혀 문제 될 게 없는 지금.

흑천마검의 심기를 거슬릴 문제는 하나일 수밖에 없었다.

바로 인과율의 시선.

더는 인과율의 시선을 느끼지 못하는 흑천마검이나, 그것이 여전한 시선을 보내오고 있다는 사실 만큼은 알고 있다.

시선만으로는 아무것도 할 수 있는 게 없다. 우리를 지켜보는 게 전부다. 하지만 우리를 여전히 지켜보고 있다는 그 사실만으로도 몹시 불편할 수밖에 없는 게 사실이었다.

흑천마검의 반응은 당연했다. 완전한 해방이 아니었으니까.

나는 녀석을 충분히 이해할 수 있었다.

*　　　*　　　*

"예? 혼, 혼……혼례요?"

설아는 몹시 당황하며 시선을 어디로 둬야 할지 몰라 했다.

"왜. 내가 못 할 소리를 했느냐?"

"그런 것이 아니오라."

"예식은 간편하게 하자꾸나. 가마는 없지만 홍의(紅衣)라면."

"아닙니다. 그런 것이 아니오라, 갑자기 이러시면 소녀는……."

설아의 양 뺨이 불긋하게 물들었다. 당황스런 마음 때문에 곤히 잠든 영아의 등을 토닥이는 속도가 빨라지고 있었다.

"내 청혼을 받아 주겠다면, 잠시 눈을 감아 보겠느냐?"

"교주님……."

바쁘게 깜박이던 설아의 두 눈이 사르르 감긴 건 잠시 후였다.

하지만 눈꺼풀은 떨리고, 입술도 조물조물 움직이는 게 여간 어여쁜 게 아니었다.

설아가 자연스럽게 다시 눈을 떴다. 난데없는 따뜻한 햇살이 그녀의 만면으로 비스듬히 내려오는 걸 느꼈기 때문이다.

설아는 눈앞의 아름다운 경관에 할 말을 잊었다. 거기는 화폭의 한 장면이나 다름없었다. 작은 폭포를 뒤로 한 자그마한 처소가 있고, 꾸밈없이 자연 그대로 자라난 들꽃들이 사방을 둘러싸고 있었다.

설아는 이 추운 겨울에 왜 여기만이 따뜻하고 생기가 감도는지 의식하지 못할 정도로, 눈앞의 광경에 푹 빠졌다.

"여기는…… 몹시 아름다워요."

"설아. 너만 하겠느냐."

"예?"

"교국의 일이 정리되는 대로 여기서 영아와 우리의 아들을 키우고 싶은데, 네 생각은 어떠냐?"

아들이 언급되는 순간, 설아의 얼굴은 더 빨개질 수 없을 정도로 빨개졌다.

그때 처소의 문이 열리며 두 사람이 모습을 드러냈다. 그들은 아주 사소한 문제로 다투는 도중이었는데, 우리를 발견하고는 아무 일 없었다는 듯이 표정을 고치는 둘이었다.

흑웅혈마와 색목도왕이 설아를 향해 웃으면서 다가왔다. 그들의 만면에도 햇볕이 따뜻하게 비추고 있었다. 환했다.

둘은 진심으로 이 순간을 기뻐하고 있었다. 그래서 색목도왕이 갑자기 눈물을 뚝뚝 흘렸다. 자신도 모르는 사이에 말이다.

흑웅혈마가 색목도왕을 주책(誅責)할 수 없게도, 그 역시 설아와 내가 나란히 서 있는 모습을 보며 눈물을 글썽거린다.

때문에 우리 앞에 이르기 전에 잠깐, 둘의 발걸음이 멈추기도 했었다.

소매로 눈물을 닦고, 마음을 추슬러도 소용없는 일이다.

흑웅혈마는 다가온 그대로 설아를 껴안으면서 흐느끼고 말았다. 중간에 낀 영아를 고려해서 엉거주춤한 자세이긴 했다.

"교주님을 잘 모셔야 한다. 설아."

흑웅혈마가 말했고, 색목도왕은 나를 쳐다보다 다시 소매에 얼굴을 파묻었다.

그때 설아가 나를 쳐다보았다.

교주님. 이게 생시인가요. 꿈인가요.

그런 눈빛이었다.

하지만 곧 아무래도 상관없다는 듯, 설아의 표정이 밝아졌다.

흑웅혈마가 말없이 영아를 받아들었다.

그 순간 설아의 시선이 먼 방향 쪽으로 고정되었다. 분위기를 깨지 않겠다는 듯이 멀리 서 있는 흑천마검을 이제야 본 것이다.

나는 흑천마검을 손짓해 불렀으나, 흑천마검은 그냥 그 자리에서 피식 웃고 말 뿐이었다.

"설아. 네게도 보이는가 보구나. 흑천마검의 본형(本形)이다. 내 절친한 친우이니 오늘 혼례에 부른 것이다. 무서워하지 않아도 된다."

내가 말했다.

"그런 것이 아니옵니다. 영아를 보셔요."

흑웅혈마의 품에 안겨 있는 영아도 먼 흑천마검을 바라보고 있었다. 그리고 그 작고 전지전능한 손으로 흑천마검이 서 있는 방향으로 뻗고 있었다. 마치 만지고 싶다는 듯이.

"신기하지 않나요?"

과연 그랬다.

"흑천마검…… 공이 교주님처럼 보이나 봐요. 그런데 방금 뭐라 하셨나요?"

"오늘 혼례라 하였다."

나는 그렇게 말한 다음 두 호교법왕과 눈빛을 교환했다.

영아를 안고 있는 흑웅혈마 대신, 색목도왕이 설아를 처소 안으로 이끌었다. 설아가 처소로 향하면서 우리를 여러 번 돌아봤다.

그럴 때마다 흑웅혈마도 나도 어서 들어가 보라는 식으로 손을 까닥였다.

색목도왕은 설아를 처소 안에 데려간 다음 빠르게 나왔고, 설아가 그 안에서 기다리고 있는 소소의 도움을 받는 사이.

나도 의상을 혼례복으로 바꾸었다. 내 의상이 흑룡포에서 전통적인 신랑의 혼례복으로 눈 깜짝할 사이에 바뀌었으나, 흑웅혈마와 색목도왕은 잘 어울린다며 감격에 젖는 게 전부였다.

잠시 뒤, 열리기만을 기다리고 있었던 처소 문이 천천히 움직였다.

벌어지는 틈 안으로 수줍고 어여쁜 신부의 모습이 얼핏 보인 것만으로도, 어느덧 내 심장이 쿵쿵하고 뛰기 시작했다.

아직도 내 심장을 울릴 수 있는 게 남아있었다.

설아는 정말로 아름다웠다.

소소의 도움을 받아 사뿐한 걸음을 옮기는 설아는, 오래전부터 이날을 위해 가꿔온 게 아닌가 할 정도로 완벽했다.

"흑웅혈마. 방금 보았습니까? 나는 봤습니다. 교주님의 존안이 빨개지신 걸요."

"보았다마다."

둘이 작은 농담을 교환했다. 오로지 기쁨으로만 가득
찬 것이 아니라, 슬픔까지도 동반되어져 있는 게 사실이
었다.

비록 그네들에겐 다 지나간 일이라 생각될지라도, 지나
온 영겁의 세월 동안 내가 어떤 삶을 살아왔는지 다 알기
때문에.

그래서 그렇다.

그래서 그네들에게도 오늘의 혼례는 단순한 혼례가 아
니었다.

나는 설아를 향해 걸음을 옮겼다. 우리 사이의 거리가
좁혀질 때마다, 설아에게서 나오는 향기도 가까워지고 있
었다.

마주한 그대로 우리는 누가 먼저라 할 것 없이 손을 내
밀었다.

쑥스러워만 하던 설아의 손이 나와 동시에 뻗쳐진 것이
었고, 우리는 양손을 맞잡았다. 반면에 설아의 손이 수줍
게 떨리고 있었다.

"후일(後日). 여기에서 약초꾼의 아내로 살 수 있겠느
냐?"

"그렇다면 저는 지아비께서 약초 팔아 벌어 온 돈으로 직물을 사서, 옷을 짓겠어요."

"그래그래. 육례(六禮)의 절차가 무슨 필요가 있겠느냐. 이렇게 우리 부부가 지금 여기서 손을 잡고 있는데. 하늘이 증인이고, 우리 부부가 서로 증인인 것을."

나는 설아를 껴안으며 다시 말했다.

"오늘 우리는 부부가 되었다."

바로.

하늘 아래에서.

*　　*　　*

영아는 나와 설아 사이에 곤히 잠들어 있었고, 설아 또한 내 손바닥의 체온을 한 뼘으로 느끼다가 사르르 잠에 들었다. 행복한 미소로 말이다.

두 여자가 깨지 않도록 천천히 일어났다. 흑천마검이 따라 나왔다.

녀석은 어디로 가느냐고 묻지 않았다. 녀석 나름대로 대충 짐작 가는 곳이 있을 수밖에 없었다. 지난 하루 동안 이 세상 곳곳에 녹아있었던 마신의 일부가 두 개의 대진 안으로 모조리 빨려 들어갔다.

그래서 녀석은 이렇게 물었다.

"없앨 순 없느냐?"

그게 가능했다면 진작 그렇게 했을 것이다. 하지만 완전무흠한 신의 영역이라 할지라도 제약받는 부분이 몇 가지 있다.

그것은 인과율이 신의 영역을 어떻게 설정해 놓았느냐에 따라 처음부터 결정되어져 있던 문제로, 차원의 통로도 내가 어찌할 수 있는 부분이 아니었다.

마신도 그것이 불가능해서, 번거로운 수들을 써왔지 않았던가.

천년금박의 마지막 계단을 밟는 순간, 대진 안으로 들어와졌다.

대진 안은 이상이 없었다. 이쪽으로 사라졌던 마신의 일부분들이 이미 거울로 상(象)을 갖춘 통로를 통해 전부 빠져나간 뒤였다.

암자의 대진 쪽도 같은 상황이었다. 나는 거울을 빤히 들여다봤다. 아주 많은 시간이 지난 성 마루스. 저기는 여전히 마신의 소관이다.

결국 나는 엘라에게 젊음을 돌려주기는커녕, 그녀의 마지막 순간에 곁에 있지도 못했다. 그녀에겐 실로 미안한 일이다.

나만 행복해져서.

"저긴 본시 놈의 차지가 아니었다. 저대로 내버려 둘 것이냐?"

흑천마검이 거울을 향해 날카로운 말을 뱉었다. 비단 말뿐만 아니라, 마신을 향한 적개심이 두 눈을 뚫고 나오고 있었다.

지난 하루 동안 녀석은 참으로도 많이 참아왔다. 이제는 들려줘야 할 때다.

저 하늘 위에서 무슨 일이 벌어지고 있는 중인지…….

"사실. 끝나지 않았다."

내가 말했다.

거울을 깨부술 듯이 노려보고 있던 흑천마검의 시선이 나를 향해 돌아섰다.

"마신부터가 포기하지 않았지."

"무슨 말이냐."

"놈은 내가 존엄한 지위에 오르는 것을 끝내 막지 못했으나, 그렇다고 다 끝난 게 아니었단 말이지. 놈의 목적이 바뀌었단 말이다. 일전에야 이 세상을 도모하는 것으로 내가 신이 되는 걸 막으려 했었지만, 보다시피 나는 스스로 이루고 말았다. 그래서 놈은."

흑천마검이 곧 이어질 말을 바로 알아차리고 얼굴을 일

그러트렸다.

"네게 그랬던 것처럼 나를 다시 찢어 놓으려 한다. 원점으로 돌리려 하고 있지. 아주 맹렬하게."

"그런데 지금 뭘 하고 있는 거냐. 한가롭게 혼례나 치르고."

"나는 싸우고 있는 중이다. 한가롭다는 것은 이 육신, 이 상(象)을 말하는 것이겠지?"

"……."

흑천마검은 내가 무슨 말을 하고 있는지 이해하는 것 같았다.

우리는 다시 대진 밖으로 나왔다. 아무런 징조 없이 평온해 보이기만 하는 밤하늘이 바로 우리의 머리 위에 있었다.

하지만 흑천마검은 저기를 다르게 볼 수밖에 없었다. 녀석은 어제와는 또 다른 시선으로 밤하늘을 올려다보며 뇌까렸다.

"확 짜증 나는군. 그러니까 네놈 말은 나보고 가만히 앉아서 구경이나 하라는 셈이냐? 뭐라도 보여야 구경이라도 할 것 아니냐. 감히 이 몸을 뭘로 보고……."

머리끝까지 분통이 치미고 마는지, 힘이 바싹 들어간 손톱을 부들부들 떠는 모습을 보였다.

하늘 저 너머에 존재하는 진실부터가 녀석의 숨을 콱 막히게 하는데, 이제는 나와 마신이 저기 어디선가 싸우고 있다 한다.

나는 흑천마검이 느낄 기분을 헤아릴 수 있었다. 녀석이 짓고 있는 표정부터가 적나라했으니까.

하지만 그렇다고 해서 녀석에게 해줄 수 있는 말은 하나밖에 없었다. 안타깝게도 지금의 흑천마검은 마신과 나의 싸움에 끼어들 수 있는 처지가 아니었다.

"때를 기다려라."

"뭘!"

나는 화를 버럭 내는 흑천마검을 향해 나 자신을 가리켜 보였다.

"이 육신, 이 상(象)에 부여된 목적은 정말이지 오랜 바람에 의해서였다."

한 인간으로서 평범한 인세의 삶을 누리기 위해서였다.

"그 목적이 바뀌는 날까지 기다리는 말이냐?"

나는 고개를 끄덕였다.

"언제가 될 줄 알고."

"필요하다면 동면하는 방법도 있겠지."

"그딴 소리나 들으려고 이 몸께서 널……."

"나도 지금 상황에 마냥 안주한 것은 아니다. 때가 올

것이다. 아니, 이 육신과 너까지 필요하게 될 순간이 올 수밖에 없다. 그만큼이나 격렬한 싸움이 지금도 진행되고 있다."

"그러니까 언제? 그놈만큼은 이 몸께서 직접 찢어버려야 한단 말이다."

"우리다. 흑천마검. 우리. 우리가 함께 찢어버릴 것이다. 전부 다."

"전부 다……."

"그래. 마신만 찢어놓을 수는 없지. 그날을 생각해 봐라. 우리가 전부 다 찢어버리는 그날을……. 그날을 위해 우리가 견뎌 온 세월이 몇 년이냐. 백 년이냐. 천 년이냐. 아니면 고작 만 년이냐. 흑천마검. 잠깐 눈 좀 붙이고 있어라. 우리가 견뎌온 세월에 비하면 눈 깜빡할 순간일 터. 때가 오면 깨워주지. 그때가 오면 오늘을 그리워하겠지만."

흑천마검은 나를 사납게 노려보았다. 그러나 그것도 잠깐, 오늘 혼례식에서처럼 픽 웃어버렸다.

"애송이 주제에 정말 잘나지셨단 말이지. 누구 덕분이지?"

나도 흑천마검과 똑같이 웃어버리며 녀석을 가리켰다.

"잊지 마라."

스르르.

나는 검으로 변해 떨어지려는 흑천마검을 허공에서 움켜쥐었다.

*　　　*　　　*

"다녀오셨어요?"

설아가 칭얼거리는 영아를 다독거리며 나를 기다리고 있었다.

영아를 건네받기 위해 팔을 뻗자, 설아가 부드럽게 웃었다.

"괜찮아요. 제가 할게요. 편히 주무시고 계세요. 곧 들어갈게요."

하지만 이때의 영아는 한번 잠에서 깨면 쉽사리 다시 잠에 들지 않았다. 아무래도 설아도 나도 오늘 밤은 다 잔 것 같았다.

"강남 궁에 다녀오리다."

설아는 다녀오리다, 라는 어투에 어쩐지 얼굴을 붉혔다.

*　　　*　　　*

이 밤에도 흑웅혈마와 색목도왕은 국무로 혈안이 되어 있었다.

먹물 향기가 방 안에 자욱했으며, 탁상에는 두 호교법왕의 기록물들이 계속 쌓여가던 중이었다. 그렇게 내가 들어온 지도 모르고 의견을 주고받고 있었다.

"역시 우현보가 우선인 겐가?"

"교주님께서 그 반교서생의 지혜를 크게 신뢰하고 계셨습니다. 반교서생도 본의로 잔당들에게 머리를 빌려주고 있는 게 아니었으니, 다시 회유하는 게 그리 어려운 일은 아닐 겁니다."

"색목. 그자와 대담을 나눴던 적이 있었던 것 같은데?"

"그랬을 겁니다. 그리고 그자에게 꽤 감명받았던 표정을 짓고 있었습니다."

"다시 대면해 보면 알 수 있을 테지. 교주님께서 보여 주셨던 대로였으면 좋겠군."

"동감입니다."

둘은 내가 보여 주었던 기억들을 정리하고, 그것을 토대로 향후 계획을 오늘 밤 안에 마무리 지을 작정이었다. 그리고 어느 정도 끝내 놓은 상태였다.

둘이 펼쳐 놓은 지도 위에는, 어느 구역에 어느 정도의 병력을 배치할지 또 책임자로는 누구를 지명할지가 결정되어 있었다.

"그대들도 참 대단하구나. 그런 일을 다 겪고도 바로 나랏일이라니."

인기척을 냈다.

"교주님을 뵈옵니다! 하온데 신혼 첫날밤에 여긴 어인 일이십니까."

"음. 멸마복정회와 구주정룡당부터 해결 볼 생각이었군."

"예."

"내 진작 말해둘 것을. 그것들까지는 내가 맡지."

나는 지도를 툭 건드렸다.

"그대들은 이 뒤의 일에 힘을 쏟거라."

"하오나 교주님."

"그리고 조만간 우리 부부의 거처를 봐둔 곳으로 옮길 것이다."

그 말인 즉, 일선에서 상왕(上王)처럼 물러나 있겠다는 뜻이었다.

둘의 얼굴이 대번에 밝아졌다. 그렇게 둘이 눈빛을 교환하는 짧은 사이에 또다시 눈물을 글썽이고 마는 것이, 나를 웃음 짓게 만들었다.

"후인으로는 사휘입니까?"

"녀석에게 약속한 것이 있으니 기회를 줘도 될 것 같구나. 크게 바뀌는 게 없는 한, 곧 사막을 건너 총체본산으로 들어올 것이다. 들어오는 대로 강남으로 다시 보낼 터이니."

"그 점은 염려 마시옵소서. 소마들이 녀석의 심신을 제대로 무장시키겠습니다."

"일전에는 여유가 없어 다른 소교들을 눈여겨보지 못하였다. 기회를 여럿에게 주고, 가장 나은 이를 선별해야 함이 마땅하겠지. 나도 그럴 터이니, 그대들도 평소에 소교(小敎)들을 눈여겨보거라. 그러고 보니 귀영동(鬼影洞)에 들어간 소교들이 바깥으로 나올 날도 그리 멀지 않았구나."

"혹 교주님의 후사(後嗣)에게는 기회가 없는 것이옵니까?"

"영아 말인가?"

"어디 영뿐만이겠습니까. 교주님과…… 사모님 슬하의 도련님과 아가씨들 말입니다."

"하하. 그대들은 아직 태어나지도 않은 아이들을 벌써 신경 쓰는구나."

"틀림없이 많은 후사를 볼 것이옵니다."

그럴 수도 있을 것이다. 인과율이 예정해 두었던 미래
는 이제 없던 일이 되었다.

비록 거기에서의 삶이 비슷해 보일지라도, 근본(根本)부
터가 다르니까.

입술을 떼려던 그때.

빗소리가 났다.

툭툭 천천히 떨어지는 것 같더니 금세 거센소리를 내며
쏟아붓기 시작했다. 지나가는 비는 결코 아니었다. 창가
로 걸음을 옮겼다.

"참 시원하게도 내리는군요. 이 한겨울에 말입니다."

색목도왕과 흑웅혈마가 양옆으로 나란히 다가섰다. 둘
에게는 한창 국무에 치여 있다가 한숨 돌리는 시간이었
다.

그래서 나는 가슴에서 일기 시작한 통증을 구태여 내색
하고 싶지 않았다.

우르릉.

하늘이 크게 울었다. 그러고는 즉시 어두운 밤하늘 사
이사이로 번갯불을 번뜩여댔다. 이어지는 뇌락의 커다란
굉음.

콰과강!

이번만큼은 참을 수 없어, 나는 심장을 부여잡고 말았
다.

다행히 두 호교법왕이 천둥번개가 사납게 때리는 밖의
광경을 바라보고 있을 때였다.

제6장

지금은

"큭."

주저앉을 자리를 확인하며 가슴을 부여잡았다.

확실히.

매년 꾸준하게 일어나고 있다.

"크윽……. 이번에는 더 길어지겠군."

금방이라도 심장이 압살되는 듯한 무거운 통증이 그 부위로 엄습했다.

이는 침술은 물론이고 마법이나 운공으로도 다스릴 수 없는 초자연적인 현상으로, 칠 년 전 그 아름다운 날에 처음으로 발발했다.

통증이 사라지길 기다리면서 바구니 안을 들여다봤다.

마황탕(麻黃湯)을 달이는데 부족했던 계피나무 가지와, 장 씨 차남의 소양병에 효력이 있는 부자(附子: 바꽃의 알뿌리)는 오늘의 큰 소득이었다.

슬슬 통증이 멎기 시작할 쯤, 다시 몸을 일으켰다. 작년에 이 시기쯤을 기약하고 봐두었던 삼 군락까지 돌아보려면 평소보다 조금은 서둘러야 할 것 같았다.

그런데 아내가 싸준 도시락 냄새를 맡고 온 산짐승들이 나를 졸졸 따라다녔다.

산 노루 가족이었다.

특히 새끼 노루가 모가지는 물론 등허리에 윤기가 흐르고 눈알이 초롱초롱한 것이, 어미와 아비의 보살핌을 제대로 받은 모양이었다.

새끼 노루에게서 나를 기다리고 있을 아이들이 생각났다. 주먹밥을 꺼내서 떼어줬고, 노루 가족은 만족하고 돌아섰다.

석양이 질 무렵.

나는 땀에 흠뻑 젖어 있었다. 바구니는 제법 기분 좋게 묵직했고 등에 달라붙은 젖은 의복이며, 턱밑까지 차오르는 숨 그리고 땀방울이 관자놀이를 타고 흐르는 느낌 또한 기분이 좋았다.

지난 수년간 이 충만한 기쁨은 아내의 미소만큼이나 하나 변한 것이 없었다. 감사한 일이다.

영겁의 세월을 살아온 나일지라도, 지난 수년을 돌이켜 보면 이상하게도 길게 느껴진다.

지금껏 경험해 보지 못한 매 순간의 행복, 새로운 자극들 때문.

나는 지금 더할 나위 없이 행복하다.

산을 타고 내려가는 발걸음이 자연히 빨라졌다. 과연 아이들이 어느 날보다 더 나를 기다리고 있었다. 석양이 비스듬히 쳐들어오는 나무들 사이로, 아웅다웅하고 있었던 세 아이들이 나를 발견했다.

장녀 영이 어느 때와 마찬가지로 두 살박이 차녀 월(月)의 걸음 속도에 맞추고 있는 까닭에, 장남 훈이 제일 먼저 달려온 그대로 내 다리를 껴안았다.

아이들은 경이로운 존재들이다. 바라보는 것만으로도, 조금 닿는 것만으로도.

인생의 제대로 된 참맛을 느끼게 해 준다.

"아버지! 예쁜 언니가 왔어요. 그런데 많이 아파요."

영아가 들뜬 동시에 걱정스럽게 말했다.

"많이 아파요."

"아파요."

훈과 월아도 영아를 따라 했다. 사랑스런 아이들의 이마에 하나하나 입맞춤을 한 다음, 다 함께 처소로 들어갔다.

바깥의 산세가 아무리 수려하다고 해도, 처소 문을 열고 들어갔을 때 펼쳐지는 광경만은 못하다.

거기는 어김없이 나를 반겨주는 아내의 미소가 머물러 있는 곳이었고, 최근에 아내는 넷째의 출산을 앞두고 있었다.

"아버지 오셨어요!"

영아가 큰 목소리를 냈다. 그 전에 아내는 내게서 풍기는 흙냄새를 맡고 이쪽을 바라보고 있었다.

오셨어요?

아내가 나를 향해 그런 짧은 미소를 지어 보이고는 걱정스런 눈빛을 띠었다.

"서방님. 여길 보셔야겠어요."

바구니를 내려놓은 다음 아내와 자리를 바꿨다.

라쿠아는 다리만 다친 게 아니었다. 벌어져 있는 외상들도 그렇지만, 많은 흉터들은 그녀가 생사고비를 한두 번 겪은 게 아님을 증명을 하고 있었다.

여기까지 오는 동안 온갖 고행(苦行)들을 겪을 수밖에 없었겠지.

나는 아내가 건넨 수건을 받아 라쿠아가 다시 흘린 땀을 닦아주었다.

인세의 삶을 살게 된 건 나뿐만이 아니라, 그녀도 마찬가지였다.

외모상으로도 예전의 기억보다 일곱 살가량을 더 먹은 십 대 중반.

아내가 처음 보는 이국인 주위에서 맴도는 세 아이를 데리고 나가는 동안, 나는 라쿠아를 뒷방으로 조심스럽게 옮겼다.

그때 라쿠아가 힘겹게 눈을 떴다. 나는 아무 말도 하지 말라는 식으로 고개를 저었다. 그녀는 지금 한 푼의 기력이라도 아낄 때였다.

아내와 함께 세 아이를 위해 밥상을 준비했다. 역시 세 아이는 라쿠아에게 관심이 많았다. 지난밤에 뒷방에 몰래 들어가려다가 딱 걸린 영아는 아내에게 크게 혼났던 것도 잠자던 사이에 다 잊었다. 그렇게 눈을 뜨자마자 라쿠아에 대해서만 조잘조잘 댔다.

왜 우리와 용모가 다른지, 눈이 왜 그렇게 예쁜지, 어디가 어떻게 아픈지, 언제 낫는지.

그런 이야기들 말이다.

라쿠아에게 온 신경이 다 쏠려있는 영아라서 평소와 다르게 반항을 했다.

동생들과 함께 밖에서 놀고 있으라는 아내의 말에 떼를 쓰는 모습이 내게는 여간 사랑스러운 게 아니었다. 그러나 아내는 나의 사랑스러운 부인이기도 하지만, 벌써 네 번째 자식을 앞둔 엄격한 어머니이기도 했다.

"슬슬 교육을 시켜야 할 것 같아요."

아내가 말했다. 나도 같은 생각이었다. 영아도 어느덧 일곱 살이다.

언제까지나 이 산중에서 우리 부부 품에만 안고 있을 수는 없고, 여덟 살부터는 이 나라에 준비된 교육제도가 있었다.

"서방님은 어떻게 생각하세요? 영아가 잘 적응할 것 같은가요? 저는 영아가 거기에 가서 이상한 말을 할까 걱정을 놓을 수 없어요."

한 번씩 사람들의 이목을 피해 찾아오는 흑웅혈마와 색목도왕.

그리고 영아가 그리도 좋아하는 흑천마검에 대한 것들일 것이다.

"칠 년이라……."

아내는 무엇이 칠 년인지 바로 깨닫고는, 내게 살며시

눈웃음을 지었다.

정말로 아내의 미소는 칠 년 전이나 지금이나 한결같았다. 반달처럼 성숙해진 눈매 안으로도 당시의 아내가 어김없이 보인다.

내 시선이 머무는 거기로, 아내의 얼굴이 붉어지기 시작했다.

"넷째가 힘들어할 거예요. 그리고 지금은 아침이여요."

아내가 만삭의 배를 쓰다듬으며 부끄러워했다.

"영아를 총체본산으로 보낼지, 산 아래로 내려보낼지 아니면 우리가 직접 가르칠지 좀 더 생각해 보리다. 아직 해가 지나려면 몇 달은 남았으니 말이오. 당신도 생각해 보시오."

"아 그리고 생각해 봤어요. 우리 넷째 이름은 웅(熊)으로 짓고 싶어요."

"사내아이 같소?"

"그런 느낌이 들어요."

"넷째가 당신의 조부를 많이 닮으면 더 바랄 게 없을 거요."

"서방님을 꼭 닮을 거예요. 둘째처럼요."

"왜 외탁(外託)이란 게 있지 않소. 어쨌든 가장 중요한 건 건강하게 나오는 게 아니겠소?"

"맞아요. 아! 깨어났나 봐요."

아내가 뒷방 쪽으로 고개를 돌렸다. 계속 거기로 신경을 쓰고 있던 아내라, 막 새어나온 조그마한 신음소리를 바로 알아챘다.

라쿠아는 가만히 누운 채로 눈으로만 주변을 두리번거리고 있었다. 어제 그녀는 어떻게 여기에 왔는지 모를 정도로 위중한 상태였다. 나를 잠깐 봤던 것도, 꿈처럼 여겨졌을 일이다.

"나는 여기에 살고 있는 설이라고 한단다. 기억을 하련지 모르겠지만, 어제 우리가 널 치료했어. 무서워하지 말고 마음 편히 가지렴."

아내가 소교 시절에 익힌 서역의 언어로 띄엄띄엄 말했다.

그렇게 자애로운 목소리를 들려주었음에도 불구하고, 라쿠아의 시선은 계속 방황하고 있었다. 아내가 아침에 달여 놓은 탕을 한 번 더 달이기 위해 나갔을 때, 라쿠아의 초점이 내게로 고정되었다.

내가 말했다.

"이게 무슨 꼴이냐."

한숨이 절로 나왔다.

그녀는 여기까지 오는데 그저 목숨만 위태로웠을 뿐만

아니라, 한 여성으로서도 수치스러웠던 일까지 여러 번 겪었다. 그녀는 정말 먼 길을 홀로 왔다.

그래서 아내에게는 라쿠아의 증상을 자세히 말할 수 없었다. 정 많은 아내가 라쿠아가 겪었던 일들을 알게 되면, 자신의 일처럼 고통스러워할 게 뻔했기 때문이다.

"왜 사서 고생을 한 것이냐. 다 끝났음을 정녕 몰랐더냐. 겪지 않아도 될 일들을 겪었어."

나는 커지려는 목소리를 겨우 붙잡았다.

"……여기가 제 마지막이었습니다."

"그래 와 보니 어떠한가? 정말 마지막인가?"

하지만 라쿠아는 대답이 없었다. 생기 하나 없는 눈이었다.

그녀는 더 이상 인과율의 사자(使者)가 아니었다. 애초에 그녀가 그리도 믿었던 그녀 신의 말씀은, 내가 존엄한 지위에 오르는 날을 기점으로 더는 들을 수 없게 되었을 것이다.

인과율이 무슨 목소리를 냈어도 내가 차단시키고 말았을 테니까.

그러면 거기서 그치고, 인세의 삶을 살아가야지. 그 삶의 소중함을 알았어야지.

한데 대체 이게 무슨 꼴이란 말인가.

미련하기는…….

가슴이 찢어질 듯이 아팠다. 애증 같은 것이었다.

"저를 싫어하시는 줄 알았습니다. 내쳐질 줄 알았는데……."

물론 눈물 따위를 흘리는 게 아니었다. 그러나 라쿠아에게는 지금의 내 표정이 그리 비슷하게 보였던 모양이다.

"몸은 차차 나아질 것이다. 마음의 상처까지는 내 어찌할 수는 없지만."

"……그런 건 없습니다."

"듣던 중 반가운 소리구나."

"화나셨습니까?"

"아니 그럴 것 같으냐. 너는 겪지 않아도 될 고통을 구태여 겪으며 나를 찾아온 것에 그친 게 아니다. 내 평온한 삶 또한 깨트리고 있음이다."

라쿠아는 작은 반발을 시작하려다가 그만두었다. 라쿠아의 눈빛이 더 힘을 잃었다.

"해도 머물고 싶을 만큼 머물다 갔으면 좋겠구나. 돌아가는 길은 걱정 말거라. 본교의 교도들이 바래다줄 것이니 험하지 않을 것이다."

거기까지 말한 뒤, 자리에서 일어났다.

"잠, 잠시만요. 잠깐이면 됩니다."

라쿠아의 목소리는 실로 간절해서, 나를 붙잡아 놓았다.

라쿠아는 내가 다시 앉고, 그녀를 빤히 쳐다보는 나를 한참 동안이나 바라보았다.

"당신은 정녕 위대한 존재가 되신 것입니까? 홀로……그럴 수가 있습니까."

"너는 여기까지 어떻게 왔느냐?"

라쿠아는 전보다 더 자랐지만, 오히려 더 연약해졌다. 힘 하나 담기지 않은 시선이 다시 방황하기 시작했다. 그러다 천천히 가라앉았다.

나를 바라보는 그 시선에, 라쿠아에게 무슨 말을 해줘야 할지 생각났다.

오래전 인과율이 그녀의 입을 빌려 내게 해 주려 했던 말 그대로, 이번에는 내가 그녀에게 되돌려줄 차례였다.

그 말이 듣고 싶었던 것이겠지. 그래서 그 먼 길을 왔던 것이겠지.

그 말을 직접 들려줄 신을 찾아 먼 길을…….

"라쿠아. 그동안 수고했다. 이제는 행복하게 살 거라."

진심이었다.

　　　　*　　　*　　　*

　"영아에게 미안해지네요. 우리 부부 욕심 채우자고 여기에 머물고 있는 것은 아닌지."

　아내가 비스듬히 누운 채로 창밖을 바라보며 말했다. 영아가 말도 통하지 않는 라쿠아를 큰 언니처럼 따르는 모습이, 아내에게는 그렇게 느껴지는 모양이었다.

　비단 이번에만 나온 화제는 아니었다.

　우리 부부는 아이들이 어느새 부쩍 큰 모습을 발견할 때마다, 산에서 내려가야 하는지 고민을 해왔다.

　폭포 아래에서부터 이어진 자그마한 개울가로, 라쿠아와 세 아이들이 어울리고 있었다.

　기실은 라쿠아가 세 아이들을 돌보고 있다 하겠지만, 지난 며칠간 라쿠아는 여기에서의 삶으로 안식을 찾은 것으로 보였다.

　우리 부부는 그녀가 먼저 떠나겠다고 하기 전까지는 축객(逐客)할 생각이 없었다. 더욱이 성인 몫을 하게 된 식구 한 명이 늘어난 것은, 만삭의 아내에게 큰 도움이 되고 있었다.

　아내는 온전히 몸조리에만 신경을 쓸 수 있게 되었다.

　오늘은 산을 타지 않기로 했다.

슬슬 관에서 사람이 나올 때가 되었기 때문이었고, 역시 해가 중천에서 약간 비껴갔을 때쯤 두 사람이 처소를 방문했다.

촌장과 관리. 두 사람이다.

"이분은 호국법찰사이신 진 나리시네. 색목인 처자의 일로 친히 왕림하셨어."

"선생의 인망(人望)은 어르신께 많이 들었소이다. 진구렴이라 하오."

"정욱이오."

진구렴은 평판대로인 사람이었다.

조그마한 촌의 관리로 있기에는 그의 공명함이 너무 아깝다는 평판이 자자했는데, 수행인원 하나 없이 깊은 산촌까지 직접 들어온 것만 봐도 거짓 평판이 아니었다.

그런데 진구렴은 처소의 경치에 꽤 깊은 감명을 받은 것 같았다.

자신도 모르게 수려한 경관 곳곳을 감상하다가, 새삼스레 헛기침을 하며 라쿠아를 쳐다보았다.

"듣던 것과는 다르구려. 병상에서 생사를 다투고 있을 줄 알았소만."

"말씀드렸지 않았습니까, 나리. 정 선생의 의술이 여간 대단한 게 아닙니다. 작년에 역병이 창궐했을 때만 하여도, 죽다 살아난 사람이 한둘이……."

촌장은 거기까지 말하다가 입을 다물었다. 스스로 너무 나섰다고 생각한 것 같았다.

"오늘에서야 알았소. 역병이 크게 퍼지지 않은 게 전부 정 선생 덕분이라고. 미안한 일이외다. 지금이라도 상부에 공훈록(功勳錄)을 올릴 터이니, 본조를 책망하는 건 조금 미뤄주시오."

"의술 조금 익힌 촌부가, 큰 역병을 어찌 막겠소."

"흠……."

진구렴이 나를 유심히 쳐다봤다. 그러다가 고개를 주억거렸다.

"선생의 뜻이 정 그러하다면 어쩔 수 없겠소만, 솔직히 감추고 있을 일만은 아니오. 공은 공인 게요. 당금의 본조는 패망한 옛 조정과는 달리 의인(義人)을 나몰라 하지 않소이다. 혹 본조에 아직도……."

진구렴도 조심스러울 수밖에 없는 부분이라서, 말꼬리를 흐렸다.

그는 대사면의 날에 사면을 받았었던 정도 출신 무림인으로, 그런 그가 새 나라를 크게 신뢰하고 충정하는 모습을 보이니 뿌듯한 일이었다.

하지만 나는 내색하지 않고 그저 고개만 젓는 것으로

답변을 대신했다.

그것으로 호구 조사는 짧게 끝났다.

라쿠아를 불렀다. 라쿠아는 침착하게 걸어왔다. 그러나 내게는 그녀의 긴장한 마음이 너무나도 잘 보였다. 그녀는 나를 만난 이후로, 인세의 삶에 녹아들고 있는 중이다.

"내가 네 옆에 있는데 널 어찌 잡아갈 수 있겠느냐. 네가 겪었던 일을 조사하러 나올 가능성이 높으니, 마음 놓거라."

라쿠아를 달래놓자, 진구렴과 촌장이 감탄한 눈으로 나를 쳐다보고 있었다.

"서역어도 할 줄 아시오? 잘 되었구려."

진구렴은 막 꺼내고 있던 서역어 사전을 다시 품 안으로 넣었다.

역시 진구렴은 라쿠아의 신병을 요구하기 위해 온 게 아니었다.

둘 사이에서 통역을 끝냈다.

"도망치다 입은 부상이라 하니, 어림잡아 두 시진 쯤 걸리는 거리에 놈들의 소굴이 있을 것 같소만? 부상자의 걸음으로 계산해 보면 말이오."

진구렴이 내게 의중을 물었다. 나도 그렇게 생각한다고 대답했다.

"흉악한 놈들이오. 저 처자가 색목인이라고 하나, 여인이라고 부를 수 없는 나이거늘."

"반교 잔당이 아직도 남아 있소?"

"때가 어느 때인데 그것들을 잔당이라 부르겠소. 도적이요. 민생을 해치는 도적놈들."

진구렴이 분명하게 정정했다.

"내려가는 대로 그것들을 바로 소탕할 터이니, 정 선생도 어르신도 염려 놓으시오. 놈들은 오늘. 하늘이 바뀐 걸 제대로 깨닫게 될 것이외다. 정 선생. 선생도 의기가 남아 있다면 이리 산에 은거하고만 있을 게 아니오. 하늘이 바뀌었소. 의심하지 마시오. 그리고 새 하늘에선 선생 같은 의인을 많이 필요로 하오."

진구렴의 두 눈이 맑게 빛났다.

지난 칠 년의 천하 정세는 어쩐지 칠십 년이 흐른 것만 같은 큰 변화를 맞이하였다.

허나 무엇보다도 가장 의미 있는 변화는 민중의 통합에 있었다. 두 호교법왕과 젊은 재인이 그 어려운 일을 해냈다.

반교 잔당은 작금에 이르러 더는 존재하지 않았다. 한때 그렇게 불린 것들이 있었으나, 그것들은 어느 해부터 해악한 도적들이라 불리고 또 실제로 그렇게 변질되었다.

열열사막에서 넘어온 마교인들이 새로운 제국을 건설한 칠 년 전의 사건 또한 아주 오래되고 만 일인 것처럼 새삼스레 회자되지 않는다.

대신 사람들은 새 하늘을 이야기한다.

새 하늘이 들어서서 그네들의 삶이 어떻게 변화했는지…….

그 좋은 이야기들이 이 깊은 산중까지 근근이 들린다.

*　　　*　　　*

라쿠아는 산파 도우미를 자처했다. 마을에서 올라온 고씨 할매는 처음에 이국 처자 라쿠아를 탐탁지 않아 했으나, 라쿠아는 의외로 말귀를 잘 알아듣고 시키는 대로 곧잘 했다.

아내의 신음소리가 미치지 않는 곳으로 아이들을 데리고 나왔다.

셋째를 낳을 때와는 달리, 영아가 정말로 많은 질문을 해댔다.

"어떻게 하면 동생이 생겨요?"

"낭군을 만나면 된단다."

"라쿠아 언니가 제 낭군이 되면, 동생이 더 생기는 건가요?"

"아니란다. 남자와 부부의 연을 맺고 사랑을 나누면 자식을 갖는 거란다. 네 어머니와 내가 너희들을 가진 것처럼."

"그러면 훈이가 제 낭군이 되는 건가요?"

"가족끼리는 부부의 연을 맺을 수 없단다."

"흑천마검은요?"

"흑천마검은 사람이 아니란다. 간혹 그렇게 보일 수는 있어도 엄연히 다르지."

"사람이 아니라구요?"

영아는 너무나 놀랐는지 눈을 휘둥그레 떴다.

"흑천마검이 그렇게 좋으냐?"

"아버지하고 같은 걸요. 흑천마검하고는 또 언제 만날 수 있어요?"

"이 아비보다 흑천마검을 더 찾는 것 같구나. 아비보다 흑천마검이 더 좋으냐?"

"……흑천마검이 더 재미있어요."

그러고는 몹시 미안한 표정을 지었다. 내 시선도 피했다.

나는 그런 영아의 머리를 쓰다듬으며 조심스럽게 물었

다.

"내년이 되면, 산 아래 큰 마을에 네 또래의 아이들이 모인단다. 흑천마검보다 재미있는 아이들이 많을 거야. 너를 거기로 보낼까 하는데."

"와! 다행이다. 훈이하고 월아는 정말 재미없어요. 어머니께는 비밀이에요."

"비밀?"

"어머니는 제가 동생들하고 재미있길 바라거든요."

"그렇구나. 그런데 여기서라면 기숙을 해야 할 것 같은데 괜찮으냐?"

"기숙이 뭐예요?"

"며칠 밤 마을에 머물면서 또래 아이들과 친구하고, 그러다가 며칠 밤은 다시 여기로 와서 지내는 걸 기숙이라 한단다."

"기숙. 흑천마검이랑 어머니랑 아버지는 그거 안 해요?"

"나하고 네 어머니는 집에 있어야지."

"흑천마검은요?"

"흑천마검도."

영아가 즐거워했던 것도 잠깐, 얼굴이 바로 어두워졌다.

부모의 마음은 어쩔 수 없는 것 같다. 내년에 여덟 살이 된다고 하지만 여전히 부모의 품을 필요로 하는 나이, 혼자만 산을 내려보내는 건 있을 수 없는 일이다.

그렇다고 여기에서 우리 부부가 따로 가르치는 것도, 영아에게 미안한 일이긴 매한가지다. 부모의 품이 필요한 만큼 동년배의 친구 또한 필요한 나이였다.

아내는 열 시간이 넘는 진통 끝에 넷째를 출산했다.

아내만큼이나 기진맥진한 고씨 할매가 득남을 자신의 일인 것마냥 기뻐했으며, 겨우 말문을 제법 뗀 월아 또한 신기하고 기쁜 마음을 어리숙하게나마 표현하기 바빴다.

퉁퉁 부운 아내의 얼굴과 갓 태어난 넷째가 한눈에 들어오는 그 순간, 나는 지난날들과 같은 눈물이 샘솟는 것만 같았다.

"고생 많았소."

목소리가 벌써 축축했다.

"안아 보시겠어요?"

당연히.

나는 우리 부부의 기적을 조심스럽게 받아들었다.

그러는 동시에 지금 가능한 선 안에서 넷째의 전신을 보듬었다.

그런데 확실히 마신과의 싸움이 박빙인데다가 긴 세월

동안 지속되고 있는 탓에, 셋째 월아를 보듬었던 당시와 비교해보면.

심어주는 기운의 양에 차이가 있을 수밖에 없었다.

"넷째는 본교에서 키웁시다. 당신 생각은 어떻소?"

아내도 같은 생각을 하고 있었던지, 고민 없이 고개를 끄덕였다.

"하면 색목도왕에게 전서구를 띄우겠소."

그때.

"사내답게 우는 것이 아주 우렁차니 듣기 좋습니다. 감축드리옵니다. 교주님. 사모님."

호쾌한 목소리가 난데없는 바람처럼, 갑자기 들어왔다.

나는 깜짝 놀라서 뒤를 쳐다보았다.

색목도왕이 아주 기분 좋게 웃고 있었다. 당연한 말이겠지만 그는 작년에 들렸을 때보다 더 나이가 들어 있었다.

그러고 보니 영아가 보이지 않았다. 라쿠아는 출산 뒷정리를 하고 있는 중이니, 라쿠아와 함께 있는 것도 아니었다.

뒷방 후문에서 빠져나가는 바깥쪽으로 꺄르르, 즐거운 웃음소리가 그때 나왔다.

넷째를 아내에게 다시 안겨준 다음.

색목도왕과 아내가 덕담을 주고받는 목소리를 뒤로하고, 문을 밀었다.

흑천마검과 영아가 밀어를 나누고 있는 모습이 시선 안으로 들어왔다. 흑천마검이 영아에게 뭔가를 말하고 있다가 말을 딱 멈춰버리자, 영아는 거짓말을 하다 들킨 얼굴로 이쪽을 돌아보았다.

"영아. 또 귀찮게 군 것이냐."

"아니에요. 흑천마검이 먼저 절 귀찮게 했어요. 그렇잖아. 어서 말씀드려."

영아가 흑천마검에게 눈짓했다. 그래도 흑천마검이 자신을 변호해 주지 않자, 영아는 거의 울상이 되었다.

"들어가서 동생 얼굴을 보거라."

영아가 풀 죽어서 들어간 뒤로, 나와 흑천마검은 말없이 서로를 바라보았다.

일찍이 흑천마검이 동면을 깬 건 영아가 귀찮게 굴었기 때문이 아니었다. 심장의 통증이 일 때마다, 이 육신에 담겨 있던 힘이 빠져나갈 때마다 녀석도 느끼는 게 있을 수밖에 없었다.

문득, 녀석이 뇌까렸다.

"때가 얼마 남지 않은 것 같구나. 애송이."

　　　　*　　　　*　　　　*

　산촌 사람들과 아쉬운 작별을 나누고 내려왔을 때, 한 무리의 사람들이 우리 가족을 기다리고 있었다.

　"교주님을 뵈옵니다."

　그들 모두는 우리 부부의 외가 식구처럼 촌부와 시골 아낙으로 제대로 위장하였을 뿐만 아니라, 실제로 그들 중의 한 사람은 아내의 조부이기도 했다.

　"할아버지!"

　세 아이들이 체구만 보고도, 그 노인이 흑웅혈마인 것을 알아차렸다.

　아이들은 서로 경쟁하듯이 흑웅혈마의 다리에 매달렸다.

　"영아. 호국법왕께선 네 외증조부가 되시니, 어떻게 불러야 한다 했지?"

　"뭐 어떻습니까. 사모님."

　"아이들 교육 때문에 본교로 들어가는 거예요. 지금부터라도 하나하나 가르쳐 둬야지요. 그런데 호국법왕께서는 볼 때마다 젊어지시는 것 같아, 안심이여요. 그간 안녕하셨지요?"

　흑웅혈마는 그렇다고 대답하는 한편, 설아가 안고 있는

넷째에서 시선을 뗄 줄 몰랐다. 참으로 사랑스러운 눈길이었다.

"웅(熊)이에요."

넷째의 이름이 어디에서 따왔는지 모를 리 없는 흑웅혈마는 당연히 기뻐하는 기색이었다.

흑웅혈마가 영아부터 목마 태웠다. 그런 다음에 한 팔에 하나씩 훈과 월아를 조금도 힘들이지 않고 안아 들었다.

흑웅혈마는 아이들이 다리에 매달렸던 시점에서 이미, 천하를 경영하는 철혈왕(鐵血王)에서 사랑스런 증손주들에게 빠져버린 한 노인이 되어 있었다.

그를 둘러싼 주변으로 분홍빛 신세계가 펼쳐진 것 같았다.

저기가 무슨 세계인지 안다. 내가 매일 속해왔던 세계니까.

여덟 마리의 말이 끌고 침대가 들어있는 가마가 달려있지도 않았지만, 바람을 막아줄 수 있는 천막만으로도 부족한 게 없었다.

아내가 원했던 대로였다. 우리는 분명, 일가 단위로 이주하는 농민들처럼 보였다.

여름에서 가을로 넘어가는 시기이기도 했거니와, 경로

도 북쪽으로 치우치지도 남쪽으로 치우치지도 않았다. 덥지도 춥지도 않은, 어딘가로 떠나기엔 안성맞춤인 기후였다.

"날씨 한번 참 좋구나."

나는 하늘을 올려다보며 혼자 중얼거렸다.

두 호국법왕을 통해, 그리고 풍문을 통해 들었던 적이 있었다.

과연 장강의 물길이 실로 번성해 있었다. 여기 작은 포구까지도 유명한 집산지(集散地)처럼 활기가 넘쳐흘렀다. 무로 사라졌던 시간대에서는 잔당들이 육로를 점거해서 어쩔 수 없이 수로가 발달할 수밖에 없었지만, 지금은 아니었다.

민생 부양책으로 상행을 장려한다. 국내에 국한된 것이 아니라 국외의 서역 상인들을 지원했다.

물론 그뿐만 이었다면, 중원 깊숙한 여기 작은 포구에서까지 서역 상인들을 발견할 수 없었을 것이다.

"저들을 따라가겠느냐?"

"……."

라쿠아는 어떤 대답을 하는 대신, 아이들을 바라보았다.

그러고는 차마 말로는 못 하고 고개만 천천히 저었다.

"십시는 네 민족들과도 왕래가 많은 곳이니, 외로움을 느끼지 않을 것이다. 원한다면 십시에 처소를 마련해 줄 수 있다. 가는 동안 깊이 생각해 보거라."

"비스밀라(신의 이름으로)……."

라쿠아는 아주 작은 목소리를 냈다.

평온한 얼굴.

하루 중에 그녀와 대화를 나누는 횟수는 손에 꼽지만, 그럴 때마다 꼭 그런 얼굴을 보이곤 했다.

노점에서 한 끼를 해결하고자 한 건, 순전히 영아 때문이었다. 호기심이 한창인데다가 무척 들떠있는 상태여서, 처음 보는 노점을 보고 그냥 못 지나쳤다.

영아는 우리 부부에게 말해도 통하지 않자 흑웅혈마를 졸랐다.

흑웅혈마에게는 총체본산까지는 가는 계획, 예컨대 숙식을 어디서 어떻게 해결할지 따위의 계획이 전부 서 있었다.

그러나 그는 한 끼 정도는, 영아의 바람대로 해주어도 큰 계획에는 이상이 없다고 판단한 것 같았다.

우리는 포구 구석으로 살짝 외진 곳에 떨어진 노점을 택했다.

중년의 부부가 연 작은 노점.

주인 아내는 접객을 담당하고 남편은 요리를 담당한다. 우리가 자리를 다 채우면서 앉자, 주인 아내의 표정이 대번에 환해졌다.

흑웅혈마와 나는 아내가 가르쳐 주는 대로 주문하는 영아의 모습을 흐뭇하게 바라보았다. 우리 둘은 이인석 작은 식탁에서 마주 보는 식으로 앉아있었다.

"그간 그대가 어떤 고생을 했는지 다 보이는구나. 교국이 바라던 대로 제대로 서고 있어."

"소마는 교주님의 큰 존명을 하나 이행한 것밖에 없습니다."

"그게 어려운 일이라는 것이다."

흑웅혈마는 아니라고 했다. 몸은 열 개라도 모자랐지만, 과업을 완수하는 과정에서 있어서만큼은 생각보다 수월했다는 것이다.

혈천하 이후 땅과 재물을 독차지하고 있는 자들을 제대로 정리할 수 있는 여건이 마련되어 있어, 분배가 어렵지 않았을뿐더러.

지난 칠 년간 꾸준히 곡식이 잘되고 잘 여물어 왔다.

그러나 무엇보다도.

"위정자의 추태(醜態)와 욕심이 들어가지 않았다. 그게 어려운 일이지."

"한낱 소마 따위가 교주님을 모시면서, 어찌 그럴 수 있겠습니까."

이 눈물 많은 사람은 또 눈가를 적시려 든다. 칠 년이 지났음에도 불구하고, 흑웅혈마는 나와 대면할 때마다 옛날들을 상기하고 만다.

특히 내가 겪어왔던 영겁의 고행들을 말이다.

나는 흑웅혈마가 늙은 눈물을 또 흘리기 전에 화제를 바꿨다.

우리 아이들이 자란 온 이야기들이었다. 그러나 흑웅혈마의 표정은 점점 어두워지기만 했다. 주변을 쓱 살핀 그에게서 전음이 들어왔다.

─ 반박귀진……은 아니시지요?

공력이 절정에 달해 겉으로 표가 나지 않는 경지, 그것이 반박귀진이다.

흑웅혈마의 경지가 내가 반박귀진에 이른 상태인지 아닌지 꿰뚫어 볼 수 있을 만큼 증진한 것 같았다.

─ 아니시지요? 작년까지만 해도 이 정도까지는 아니셨습니다.

─ 그대는 족히 삼십 년은 더 살다 갈 것 같구나. 무척 좋은 일이다. 그대 본인에게도, 본교에도, 그리고 본국에

도.

— 교주님.

흑웅혈마의 눈동자가 파르르 떨리는 움직임이 확연해졌다.

— 하늘……과의 싸움은 끝났다 하지 않으셨습니까.

— 걱정할 것 없다. 이보다 좋은 일은 없으니까. 줄곧 기다려왔던 순간이 다가오고 있음이다.

— 그게 무슨 말씀이시옵니까.

— 내 곁에는 흑천마검이 있다. 그 미세한 차이로, 종국에는 균형이 틀어질 수밖에 없지. 놈도 그걸 알기 때문에 그리도 역정(力征)적으로 나오는 것이지. 내가 바라는 대로 흘러가고 있다.

마치 지금을 기다렸다는 듯이, 심장에 강한 통증이 일었다.

짧은 시간에도 금세 이마로 땀방울이 맺혔다. 다행히 흑웅혈마는 내 눈빛이 시키는 대로, 주변으로 내색하지 않았다.

대신 그는 귀한 환단을 남몰래 꺼내 놓았다. 흑웅혈마는 모른다.

그것도 나의 일부이거늘.

— 혈영마단이구나. 넷째를 위해 준비한 걸 왜 내게 주

느냐. 아껴 두거라.

— 교주님.

— 잠시 쉬어야겠다. 저 나무 밑이 딱이겠군. 가족들에게는.

— 예…….

나무 밑으로 자리를 옮겼다. 드리운 그늘이 내 굳어진 표정을 감춰주기에 안성맞춤이었다. 줄곧 사람들의 눈을 피해 따라오고 있던 흑천마검이 슬그머니 내 옆에 앉았다.

뭔가 말하려는 녀석을 향해 고개를 저었다.

"놈도 같은 처지다. 나만 골골대는 게 아니란 말이지. 그러니 빨리 종지부를 찍을 수 있는 순간이 왔으면 좋겠구나. 그때가 오면…….".

"위대한 이 몸께서 다 찢어버리면 되는 것이냐?"

"다 들었군."

"들렸지."

그러면서도 흑천마검이 만족스런 얼굴로 킥킥 웃었다.

"그래. 네 역할이 크다. 허나 내 평온한 여기의 삶이 네게 달렸다, 이 말이 듣고 싶은 것이라면 틀렸다. 저 위의 싸움이 어찌 되든, 이 육신이 머문 곳은 인세(人世)의 영역이지 않으냐."

나는 아내와 아이들을 바라보며 말했다. 흑천마검이 바로 반문했다.

"인세의 일은 조금도 관심 없는 이 몸이시다. 네놈이 진행 중인 싸움. 만일 잘못된다면?"

"그런 것도 생각하는가? 그렇다면 실망스러운 일인데."

"만일이라 하지 않았느냐. 만일."

"나는 그 만일을 생각하지 않는다. 우리가 우세하다. 예정된 섭리나 다름없지. 아느냐. 우리가 각오해야 할 건 그 뒤의 일이다. 인과율이 창조해 놓은 틀을 부서트리기란 쉽지 않을 것이다. 그리고 행여나 말해두는데, 그 순간이 와도 두 번 다신 제멋대로 굴지 말거라."

나를 위해 희생해 왔던 그런.

"그날 네가 하려 했던 말을 내 모를 것 같으냐. 알고 있다. 모래시계를 삼키면 네가 어찌 되는지 너는 다 알고 있었다. 그런데도 삼켰어. 두 번 다신 그런 짓, 하지 말라는 것이다."

"애송아. 네놈이야말로, 네놈 좋을 대로만 생각하는구나. 헛소리 말고 숨이나 제대로 쉬거라. 그 약해진 몸으로 꺽꺽대지나 말고."

크크크.

흑천마검은 괴이한 웃음소리만 남기고는 순식간에 사라졌다.

흑천마검의 말대로 숨이 제대로 돌아오길 기다리는 동안, 주변을 살펴볼 여유가 생겼다.

노점 주인 부인이 활기차게 접객하는 모습이나, 요리하기 바쁜 주인의 뒷모습도 볼 수 있었다.

주인이 막 끝낸 요리를 부인에게 건네주기 위해 등을 돌렸다.

그때 나는 그의 얼굴을 처음으로 보았다. 그리고 그 얼굴이 지긋지긋한 통증 속에서도 나를 웃음 짓게 만들었다.

사면을 받았다더니. 여기 장강으로 돌아와 터를 잡았구나.

장강쌍협 독고야.

그는 모진 기운이 다 빠져 있었다. 화덕의 열기에 땀을 훔치며, 늦은 나이에 맞이한 아내를 바라보는 눈길이 내가 아내를 바라보는 눈길과 하나도 다르지 않았다.

순간에 독고야는 쟁반을 놓칠 뻔했다. 나와 눈이 마주친 것이다.

오랜만이오.

내가 그런 눈빛을 보내자, 독고야는 잠깐 망설이는가

싶더니 다시 화덕으로 몸을 돌렸다.

그래. 그는 장강의 노점 주인이고, 그에게 나는 어느 날에나 있는 손님 한 명이다.

영아가 졸라서 어쩔 수 없이 여기로 온 줄 알았더니 아니었다. 흑웅혈마의 사려 깊은 배려였다.

행복하시오. 독고야.

*　　　　*　　　　*

넷째가 스스로 목을 가누기 시작한 날이면서, 우리의 좋았던 여정이 끝나는 날이기도 했다.

우리는 계절이 넘어가기 전에 본교의 교지로 들어왔다.

"아아……."

아내는 눈 앞에 펼쳐진 광경에 감탄을 잊지 않았다.

우리 부부가 아이들을 키울 산중의 처소를 본 날과 똑같은 표정. 영아가 걸음마를 시작했던 날의 표정. 아이들이 태어났을 때마다 지었던 표정.

아내가 참으로 기뻐서 놀랄 때 짓는 그때의 표정은 나 또한 들뜨게 만든다.

죽음의 땅.

여기가 그 열열사막이었다는 흔적은 어디에서도 찾아볼

수 없었다.

"여, 여기가 정녕 본교의 교지라고요?"

한편 영아는 벌써 동생들과 저만치 뛰어가며, 아내에게 어서 오라고 손짓하고 있었다.

아니나 다를까 넘어지고들 말았지만, 아이들을 다치게 할 딱딱한 모래알맹이나 황무지의 돌부리는 거기에 없었다.

온통 초록빛 녹지뿐.

그것은 내가 이 세상과 교도들에게 오래전에 준 선물이었다.

*　　　*　　　*

아내와 아이들이 깨지 않도록 조심히 몸을 일으키는데, 온몸이 후들후들거렸다.

안간힘을 다해 한 발자국씩 움직이는 중임에도 불구하고, 끼익거리는 마루 소리가 아이들의 눈썹을 꿈틀거리게 만든다.

집무실로 막 들어온 순간이 제일 위험했다. 중심이 앞으로 치우쳐버렸다. 넘어지는 긴박한 순간에도, 아내에게 해야 할 변명거리로 무엇이 가장 좋을지를 떠올리고 있었다.

그런데 뭔가가 나를 받쳤다. 흑천마검의 걱정 깃든 얼굴이 시야 안으로 서서히 끼어들었다.

다행히도 아내를 잠에서 깨울 큰 소리가 나지 않은 것이다.

그날 새벽 내내 나는 크게 앓아 누었다.

차가운 마룻바닥에 등을 대고 누운 채로, 어지간히도 신음소리를 꾹꾹 짓눌러야만 했다. 통증은 지금까지 중에서 제일 거셌고, 통증이 정점에 이르렀을 때에는 이 육신에 담겨 있던 기운 전부가 완전히 회수되었다고 할 수 있었다.

온몸이 텅 비어져 버렸다고 느껴진 그 시점이야말로, 본격적인 시작을 알리는 알람이었다.

어느덧 동녘의 햇볕이 내 얼굴로 비스듬히 쏟아지고 있었다.

사실 그렇게 기분 좋은 빛만은 아니었다. 그러나 나는 준비가 끝나있었다. 가쁘기만 했던 호흡이 그 어느 때보다 차분해졌다.

전능의 힘이 돌아오고 있었다. 아니, 이 상으로 다시 인계되고 있다.

"끝이 다 왔군."

지켜보고 있던 흑천마검이 때를 기다려 말했다. 설명을 요구하는 어투였다.

지금까지 내가 겪었던 일이 무엇이며, 앞으로 어떤 싸움이 펼쳐질 것이며, 그 안에서 제 역할이 무엇인지에 대한 것들을 말이다.

흑천마검에게로 시선을 돌렸다. 녀석은 나만큼이나 준비되어 있다는 식으로 고개를 한번 까닥여 보였다.

"참으로 평온하고 아름다운 순간이지 않은가."

나는 미소 지으며 대꾸했다. 녀석이 특유의 비웃음을 머금었다.

"그 정도 안식을 보내왔으면, 곧 죽어도 여한이 없을 것이다. 싸울 때가 온 것이겠지?"

녀석은 잘 참아왔다.

기분 나쁜 시선들이 지켜보고 있다는 인식, 마신을 향한 분노.

그 모든 걸 다 참아온 지금 녀석은 폭발하기 일보 직전이었다.

녀석을 달랠 설명이 필요했다.

"곧 죽어도 여한이 없는…… 네게도 그만큼이나 좋아 보였구나. 칠 년 전 그 시점을 처음으로 해서, 똑같은 나날들을 또 반복하고 싶을 만큼 말이다. 이 육신의 온 삶을 통틀어, 가장 행복한 순간들이었다."

"순간······이었다?"

과연 흑천마검은 바로 그 대목을 꼬집었다.

"헷갈리게 할 의도는 없지만, 네 기준으로 설명해 주려면 이렇게밖에 말할 수 없겠지. 물론 총체본산에서의 삶도 그리 나쁘지는 않았다. 아니 총체본산에서의 삶도 행복했었지. 하지만 산촌에서의 삶은 아무것도 신경 쓸 것 없이, 온전히 아내와 우리 아이들만 바라보며 살 수 있었던 순간들이었다."

"무슨 말을 하고 있는 거냐. 누누이 말해왔지만, 네 인세의 삶은 조금도 관심 없다."

속상하지는 않았다.

진심이 아니란 걸, 너무나도 잘 알고 있기 때문이었다. 녀석은 내 삶을, 우리 가족들을 좋아한다.

나는 하던 말을 계속했다.

"흑천마검. 나는 어디에나 존재한다."

"잘난 척은 그쯤 해 두고. 그러니까. 그러니까 왜 그런 말을 하는 건지나 말해."

녀석이 재촉했으며, 그럴 자격이 있었다.

나는 녀석에게 진실 하나를 끄집어 내놓았다.

"여기는 미래다."

"미래?"

녀석의 얼굴 일그러지기 위한 움직임을 시작했다.

"그래. 여기는 인세를 기준으로 하면, 미래가 된다."

"크크크. 무슨 소리냐. 이 몸께선 지금 여기에 있지 않느냐."

역시나, 녀석의 관심을 돌리기엔 제격인 화제였다.

"맞는 말이다. 네 기준에서는 여기가 현재겠지. 하지만 너는 지금 내 손아귀 안에서 깊은 잠에 빠져 있기도 하다. 흑웅혈마는 그런 우리에게 창밖의 폭우를 바라보며 이렇게 말하고 있구나. '참 시원하게도 내리는군요. 이 한겨울에 말입니다.'"

"마치 내가 또 존재하는 것처럼 말하는군. 잊었느냐. 이 몸께선 독존(獨存)한다."

"네 특별함을 어찌 모를까. 내가 말하고 싶은 것은……."

나는 흑천마검을 향해 내 머리를 톡톡 건드려 보였다. 한 차원 더 깊게 생각해 보라는 뜻으로.

그러면 녀석은 내가 무슨 말을 하는지 이해할 수 있을 것이다.

"애송이 네놈……."

역시 흑천마검이 나를 빤히 쳐다보며 입술을 뗐다.

"온 시간대에서 다 산다는 것이냐. 능력을 완전히 잃어버린 게 아니 모양이군. 신이 된 또 다른 네놈과 연결되어 있다, 그거냐?"

살짝 웃음이 나왔다.

"그래. 존엄한 영역에서 시간은 일직선이 아니다. 과거에도, 현재에도, 미래에도. 천지 만물이 순환 속에서 존재하는 것처럼, 존엄한 영역의 존재 또한 그런 것이다."

"그러면 그런 것이지 왜 웃느냐. 기분 나쁘게."

"칠 년 전에서 조금 더 과거인 지금에서도, 너는 내게 비슷한 걸 묻고 있는 중이다. 나는 이렇게 대답하고 있다. '왜 나누어 생각하는가. 내가 나고, 내가 나인데.'"

녀석이 코웃음 쳤다.

"그래. 네놈 참 잘나지셨다. 젠장. 백운 그 계집을 이 몸께서 삼켜버렸어야 했어. 그랬으면 네놈이 잘난 척하는 걸 안 볼 수도 있었을 텐데."

나는 창밖의 태양을 향해 고개를 돌렸다. 오로지 나만을 위해 존재하듯, 따뜻한 햇볕을 쏟아내고 있는 거기로 말이다.

그러나 뒤통수로는 흑천마검의 노려보는 시선이 고스란히 느껴지고도 있었다.

"크크. 애송아. 이 몸께서 네놈을 지켜본 세월이 영겁

이거늘, 감히 누굴 속이려 드는 것이냐. 뭘 감추고 있는 거냐."

문제는 녀석이 나를 너무 잘 안다는 것이다.

"됐다. 됐어. 다른 건 다 필요 없고, 이것만 답해라! 도대체 이 몸께선 언제. 언제 놈과 싸울 수 있단 말이냐! 지금이 아니라면 대체 언……."

그런데 흑천마검이 큰 소리를 터트리던 걸 갑자기 멈춰 버렸다. 녀석의 눈은 가장 커질 수 있는 정도까지로 부릅 떠졌다.

거기서 번지고 있는 엄청난 파문이 제대로 보일 때, 녀석의 온몸도 부들부들 떨렸다.

"나…… 잊고 있었던 게 있었던가."

"없다. 그런 거."

바로 대꾸했다.

하지만 녀석의 반응으로 보건대, 서서히 깨닫고 있는 중에 있는 것 같았다.

비록 녀석이 불완전하다고는 하나, 근본 자체는 존엄한 존재다.

나는 표정을 간신히 꾸미며 녀석의 어깨에 손을 올렸다. 내 체온으로 하여금, 녀석이 진정되길 바라면서 말이다.

"설사 있더라도, 내 당부를 잊지 마라."

제발.

네가 다치는 게 싫다.

*   *   *

인세에서는 시간을 과거, 현재, 미래로 구분하지만 내게는 그런 구분이 없다.

모든 게 공존하고 있다. 지나간 과거도 앞으로 있을 미래도 그리고 현재도, 그 모든 게 내게는 '지금'이다.

그러니 온 시간에 공존하는 능력은 평온한 안식의 삶에 필요하지 않는 능력임이 틀림없다. 이 상의 인계된 전능의 힘도 마찬가지.

알겠는가.

이 상(象)의 목적은 안식에 있는 게 아니다. 마신과의 승부를 결정짓는 데에 있다.

그리고 또 하나.

바로 흑천마검 녀석을 이 세계에 안전하게 붙잡아 두는 것.

지금도 인세의 기준으로는 미래가 된다.

"우리가 함께 찢어버릴 것이다. 전부 다."

나는 녀석이 듣고 싶어 하는 말을 해주면서 타이르고 있다.

"흑천마검. 잠깐 눈 좀 붙이고 있어라. 우리가 견뎌온 세월에 비하면 눈 깜빡할 순간일 터. 때가 오면 깨워주지. 그때가 오면 오늘을 그리워하겠지만."

"애송이 주제에 정말 잘나지셨단 말이지. 누구 덕분이지?"

녀석을 가리켰다.

녀석은 만족해한다. 잊지 말라는 말을 남기고는 검으로 변한다.

녀석에게 거짓말이 통했다.

때가 오면 깨워주겠다는 그 말, 나는 처음부터 마신과의 싸움에 녀석을 동참시킬 마음이 없었다. 녀석은 우리 완전한 두 존재에게 개입할 여지가 없었다.

끼어들면 녀석만 다칠 뿐이다.

*   *   *

지금은 과거다. 물론 인세의 기준으로.

내 의지는 전능의 힘을 이 상에 인계하였다. 이 상의 본 목적을 이룰 때가 온 것이다. 이 상에 마신과 종지부를 찍을 수 있는 무기를 쥐여 준 것이다.

일단 나는 백운신검을 제물 삼아 흑천마검을 소생시킬 수 있었다.

할 수 있으면서도 녀석을 다시 소생시키지 않는 건, 내게 있을 수 없는 일이다.

한편.

온 세계의 진실을 알아버린 까닭에, 녀석은 얼굴을 굳히고 있다.

나는 흑천마검을 이 싸움에서 배제시키기 위한 노력을 하고 있다.

"오늘은 기쁜 날이다. 우리가 다시 만났어. 너는 기쁘지 않느냐? 다른 것들 때문에 지금을 망치긴 싫구나."

*   *   *

지금은 현재로부터 몇 초가 지난 뒤의 미래다. 나는 아내를 껴안으며 "오늘 우리는 부부가 되었다."고 기뻐하고 있다.

다행히 흑천마검은 현재에서 일어나고 있는 일을 눈치채지 못했다.

　　　　*　　　*　　　*

　지금은 현재다. 홍의를 입은 아내가 나를 향해 걸어오
고 있다.

　내 만면은 흥분으로 벌게져 있다. 흑웅혈마와 색목도왕
은 감격에 젖은 농담을 교환하고 있다.

　아내와 나. 우리 사이의 거리는 아직 많이 좁혀지지 않
았다.

　그때 모든 게 멈췄다.

　정말로 때가 도래했다. 흑천마검이 그리도 바라왔던 때
이지만, 녀석은 같이할 수도 같이해서는 안 될 순간이 왔
다.

　그래서 모두가 인지하지 못하는 절대 영역 안에서, 나
만 움직이고 있는 것이다.

　흑천마검까지 전능(全能)의 힘 아래 멈춰 있으니, 평범
한 사람들인 아내와 주변 사람들 또한 멈춰버린 건 아주
당연한 일이다.

　하지만 흑천마검만큼은 다시 움직일 수 있는 잠재력이
있는 존재다. 어쨌거나 녀석도 절반은 절대의 영역 안에
머물고 있다. 마음을 놓을 수 없다.

마신도 오랜 힘겨루기 끝에 결전의 순간만을 바라고 있는 지금이다. 놈은 그 옛날 하나였던 흑천마검을 찢어 버릴 수 있었던 것과 똑같이, 상과 상의 대결을 바라고 있다.

마신과 나의 의지가 일치한다.

존엄한 힘이 그대로 이어진 두 상의 충돌을 바란다.

지금.

그 정도로 나와 마신은 쇠약해져 있다.

제7장

구태(舊態)

　그 정도로 나와 마신은 쇠약해져 있을 것이다, 쇠약해
졌었다.

　마신과 나는 여러 가지로 불릴 수 있다. 무한한 능력을
갖춘 성질, 거기에 그것이 존재할 수 있게 만드는 절대 의
지, 만물의 존재 근거.

　사실은 그 모든 것의 종합이기도 하지만, 어디까지나
우리는 우리가 존재하고 있는 영역 안에서만 완전할 수가
있었다.

　그것이 이 싸움에 끝이 없는 이유이며, 서로 두 상의 충
돌을 바라는 이유였다.

보라. 우리는 우리가 존재하고 있는 영역을 따라 맞닿아져 있다. 즉, 차원을 이루는 전 공간의 경계를 따라 말이다.

조금만 넘어가도 내가 가진 무한한 성질은 아무런 의미가 없어지며, 저것이 조금만 넘어와도 마찬가지인 아주 섬세한 경계.

그 경계 안으로 우리는 우리의 존재 이유에 따라 천공을 움직일 것이고, 움직이고, 움직였었다. 그리고 겉으로는 하나의 의지를 일으킬 것이고, 일으켰고, 일으켰었다.

즉.

우리의 싸움은 의지가 충돌하는 거기에서 일어날 것이고, 일어났고, 일어났었다.

마신은 나를 무력화시킬 수 있는 의지를 만들었었다. 나는 마신이 나를 무력화시킬 수 있는 의지를 무력화시킬 수 있는 의지를 만들었었다. 마신은 나를 무력화시킬 수 있는 의지를 무력화시킬 수 있는 의지를 무력화시킬 수 있는 의지를……

나는 마신을 무력화시킬 수 있는 의지를 만들 것이다. 마신은 자신을 무력화시킬 수 있는 의지를 무력화시킬 수

있는 의지를…….

  우리는 서로를 무력화시킬 수 있는 의지를 만들고 있다. 우리는 서로를 무력화시킬 수 있는 의지를 무력화시킬 수 있는 의지를…….

  그런 무한한 굴레는 우리를 점점 쇠약하게 만들 것이고 만들었었고 만들고 있다.

  물론 나는 그 상태로도 마신이 나를 도모하려는 것과는 별개로 영원할 수 있었다. 전능의 싸움이란 시작과 끝이 없는 것이니까.

  하지만 우리의 싸움을 지켜보고 있는 시선이 있었고, 우리가 싸우고 있는 궁극적인 목적도 바로 그 시선들에 있었다.

  그래서 우리의 의지가 일치했다.

  그래서 우리는 시간을 멈추고, 각자의 상에 전능의 힘을 인계했었다.

  했을 것이다.

  했다.

*   *   *

시간이 완전히 멈췄다. 천지 만물이 순환하는 것처럼 시간 또한 그런 작용이 일어나는 것인데, 완전히 정지되어 버린 것이다.

나는 대진 안으로 이동했다. 상을 만들어 두기로는 거울이지만, 실제로는 차원의 틈인 거기를 들여다보는 순간.

거기에서도 동시에 나를 쳐다보는 게 있었다. 거울에 비친 나를 보는 것처럼 똑같은 움직임이었다. 하지만 마신이 갖춘 상은 오래전 내게 처음 보였던 옥제황월의 형상이었다.

상에 인격을 두지도 않았다. 그래서 놈의 시선은 한없이 차갑기만 했다.

"아직도 옥제황월의 상이라니. 그래. 차라리 그편이 낫겠군."

물론 놈이 옥제황월의 상을 띄고 있는 이유는 나를 속이려 드는 것도, 나를 배려해서도 아닐 것이다. 어떤 상이든 놈에게는 의미가 없어졌기 때문이다.

놈은 그만큼이나 오래된 존재다.

"피차 긴 말은 필요 없겠지. 네놈도 이 싸움이 끝나길 바라고, 나도 마찬가지니까. 다만 전장이 문제겠군."

전장으로 공허만 한 곳이 없다. 그렇지만 공허는 어느 차원에도 예속되지 않는 차원과 차원의 사이다. 거기의 인력(引力)은 인과율이 지배하고 있다.

"공허에서 전쟁을 치루면 인과율이 개입할 가능성이 농후하겠지."

내가 뇌까렸다.

그러면서 나는 혼례복을 한쪽에 벗어두었다. 그것은 내 나름대의 의식이었다.

이 전쟁에서 승리하여도, 놈처럼 되지 않겠다는 소중한 의식.

나신이 된 내 몸을 감싸며 나타난 건 본교의 혈룡포였다.

이 또한 나를 나로 있게 만들어 줄 것이다.

나는 영원히 본교의 교주다.

다시 거울을 사이에 두고 놈과 마주하고 섰다.

혼례복을 입은 내 모습을 보고도 감흥이 없던 놈이라, 역시 혈룡포로 갈아입었다고 해서 놈에게 어떤 반응이 일어날 것이라곤 조금도 기대하지 않았다.

"전장을 만드는 게 좋겠군. 공평하고 올바른 방식으로 말이야. 과거에 네놈이 하나였던 흑천마검과 싸웠을 때처럼."

물론 놈은 대꾸하지 않아서, 꼭 석상에 대고 말하는 기분이었다. 그러나 놈이 동의한다는 것만큼은 느낄 수 있었다.

서로 뜻이 맞았다. 한 발자국씩 크게 뒤로 이동했다. 거울 너머의 놈도 나와 호흡을 맞췄다. 우리는 그 즉시 주먹을 내질렀다.

놈도 나를 서로를 꿰뚫어버릴 듯이 주먹을 뻗었으나, 우리의 주먹은 거울의 표면을 경계로 더 나아가지 않았다.

정확히 주먹과 주먹만 닿았다. 그러나 우리들의 주먹은 손가락을 말아 쥔 살덩이가 전부는 아니었다. 점과 점이 만나고 면적과 면적으로 맞닿아지면서 일어난 폭발이 있었다.

그리고 그 폭발은 우리 외에는 인식(認識)할 수 없는, 저 먼 영역에서 터졌다.

내게는 그 광경이 제대로 보였다. 거기는 본시 실존하지 않았던 곳이다. 공허처럼 공간이라 할 만한 것도 없었다.

만물을 덮는 하늘 그리고 그 위를 덮는 검은 영역도 존재하지 않았다.

그러나 우주를 움직이는 물리적인 힘 네 가지 외에도,

우리들의 의지가 반반씩 섞여서 한 점으로 응집되었고, 천공을 움직이는 법칙까지 깃들어서 찰나에 대(大)폭발을 일으켰을 때.

쾅!

모든 게 생겨났다.

놈의 반과 내 반이 섞여 있는 거기는 차원의 교차점.

거기는 삼황에게 아수라계로, 드래곤에게는 신들의 전장으로 불렸다.

나는 다시 현실로 돌아와서, 놈의 눈에서 똑같은 걸 보고 있었다. 놈의 눈에 촘촘히 박힌 별들의 무리가, 놈의 눈에 은하의 강을 이루고 있었다. 그러며 나를 빤히 쳐다보는 놈의 동공은 강렬한 태양으로 그 중심에 오롯이 존재하고 있다.

한편, 놈도 내 눈에서 똑같은 걸 보고 있었다. 우리는 동시에 뛰어들었다.

우리가 만든 전장으로 간다.

쏴악!

전능과 전능의 싸움.

그 무한한 굴레에서 벗어나기 위해 여기 전장으로 들어

와 우리 스스로에게 제약을 가한 게 아니었던가.

본래 제약을 가한 제약을 제약할 수 있는 게 전능의 힘이지만.

여기 전장에서는 그것이 용납되지 않는다. 여기에서 우리는 더 이상 전능자가 아니다.

전장에 나선 투사다. 그게 우리 두 존엄한 존재가 일치시킨 의지였다.

아무것도 없는 내 손아귀로 묵중한 무게감이 차 들어오기 시작했다. 검은 검신(檢身)이 내 눈앞을 스치며 자라났다.

"흑천마검이다. 모르지 않겠지."

물론 진짜는 아니다. 진짜 흑천마검은 여기 없고 있어서도 안 되지만, 흑천마검과 꼭 닮은 무기는 나를 지탱해 줄 것이다.

그러나 저 매정한 놈은 아무런 의식도 가지지 않는다. 애초에 놈에게는 본인 외에는 아무것도 필요가 없었다. 그런 놈이 되었다.

무한한 안식(安息) 끝에, 인간이었을 적 삶에는 어떠한 의미도 두지 않는다.

놈은 한 가지 의지로만 존재한다. 인과율을 박살 내는 것뿐.

놈에게 나는 인과율을 박살 내는 데 걸리적거리는 방해물에 불과하다. 어느덧 너무나 커져 버린 방해물. 그래서 반드시 치워버려야 하는 방해물.

나를 사물이나 고깃덩어리 따위로 보는 시선이 난데없이 번뜩였다.

나는 바로 검을 양손으로 움켜잡고 거꾸로 찍어 내렸다. 거기의 살을 파고들며 근육을 찢어버리는 감촉이 확 퍼졌다.

정수리에서 인중 부근까지 갈려, 좌우로 쫙 벌어진 얼굴이 다시 회복되는 건 아주 금방이었다. 그러나 회복되는 건 거기고, 내 검은 놈의 인중을 지나쳐 목 그리고 복부를 긋고 있었다.

붉은 선혈이 사방으로 튀기며 내 얼굴로도 튀겼다.

놈의 피가 내 육신에 닿는 그때.

희미하게나마 보이려는 기억이 있었다. 놈이 하나였던 흑천마검을 찢어버렸던 아주 오래전의 기억 같았다. 그런데 그 기억이 분명해지기도 전에, 인지 못한 사각에서 뭔가가 휙 들어왔다.

목이다. 뜨겁다 못해 아무런 감각이 느껴지지 않을 정도.

내가 놈의 몸을 가르고 있듯이 놈도 내 목을 가르고 있었다. 기우는 시선대로 전방의 광경도 틀어지고 있으니, 내 목은 이 육신에서 떨어지기 일보 직전이었다.

뚜렷해지려던 놈의 기억이 있던 자리로 놈의 강렬한 의지가 끼어들었다.

지금 놈을 이루고 있는 의지.

그것은 이 지긋지긋한 굴레에서 벗어나고 싶다는 강렬한 소망이었다. 또한 인과율을 박살 나겠다는 최고의 적개심이었다.

놈도 나와 다르지 않다. 놈도 자신이 인과율을 박살 내는 주체(主體)가 되고자 한다.

시선이 빠르게 정상을 되찾았다. 나는 검이 놈의 가랑이 끝으로 빠져나온 시점에서, 조금 더 심혈을 기울인 공격으로 놈의 한쪽 다리를 갈랐다.

이번에는 내가 더 빨랐다. 놈의 중심이 잘려진 다리 쪽으로 기울었다.

때는 지금밖에 없을지도 모른다는 생각이 퍼뜩 들었다.

놈이 옥제황월의 상을 갖추고 있는 게 차라리 낫다고 생각했었지만, 생각이 바뀌었다.

상은 마음을 투영하는 그릇이 될 수 있다. 놈은 자신을 제대로 봐야만 한다. 깨달아야 한다. 자신이 무엇인지, 어떻게 변질되었는지.

나는 검에서 뗀 손을 놈의 얼굴을 향해 뻗었다.

쐬악.

날카로운 기운이 내 손목을 그대로 날려 버렸다. 하지만 그것은 허수다.

내 다음 공격이 하늘에서 떨어지고 있었다. 세상을 갈라버릴 듯한 속도 그대로 떨어진 흑빛 검 끝이 놈의 정수리를 향한다.

그러고는 틀어박혔다.

나도 어쩐지 큰 충격과 함께 중심이 뒤쪽으로 기울고 있었지만, 끝내 남은 한 손으로 놈의 얼굴을 움켜잡는 데 성공했다.

쥐어뜯었다. 마치 가면을 벗기듯이 놈의 본연을 그대로 드러냈다.

놈은 부끄러워하는 기색 하나 없이 나를 쳐다보았다.

나와 똑같은 얼굴.

그 뻔뻔한 얼굴로.

＊　　　＊　　　＊

내가 몸을 던졌을 때, 놈도 나를 향해 몸을 던지고 있었다.

정말로 거울을 향해 뛰어드는 기분이었다. 본연의 상이 드러났음에도 불구하고 놈의 눈빛은 하나 변한 것 없이 무정하기만 했다.

대신 약간의 변화가 일어난 게 있었다.

놈도 흑검을 만들어 쥐었다. 우리의 가장 강력했던 무기이자 친구였던 형상을 고스란히 말이다.

살이 얽힐 때마다, 피가 튀길 때마다 일어났던 감응(感應)은 내게만 있었던 것이 아니었다. 내가 놈에게서 뭔가를 보고 느끼는 순간들이 있었듯이, 놈도 똑같았다.

나는 오래전의 놈이고.

놈은 오랜 후의 나였다.

이는 과연 인과율의 실수에서 비롯된 잔혹한 굴레인가. 아니면 인과율이 최후의 안전장치로 심어둔 일인 것인가.

그게 무엇이든 온 세상은 잘못되었다. 존엄한 지위에 올랐던 직후에 제일 먼저 깨달았던 것이 바로 그 점이었다.

시작과 끝이 없다. 모든 게 주기적으로 되풀이하며 돌고 있다. 그러면서 우리는 각자의 방식대로 이 무한한 굴레를 끝내고 싶어 한다.

나도 놈도 그리고 인과율도.

놈과 내가 서로 의지를 일치시켰을 때와 똑같은 교류가

우리 둘 사이를 연결시켰다.

놈도 피할 생각이 조금도 없었다. 다만 나는 이를 악물었고, 놈은 그런 표정 따위도 짓지 않는 게 차이라면 차이였다.

그렇게 우리는 서로의 목을 향해 검을 휘둘렀다. 내 검이 놈의 목을 베고 들어갈 때, 시야 좌측 끝으로도 똑같이 내 목을 베고 들어오는 놈의 검날이 보였다.

하지만 일도양단(一刀兩斷), 누가 누구의 목을 먼저 베느냐의 싸움이 아니다.

두 눈의 실핏줄마저 터트릴 것만 같았던 큰 고통은, 놈의 오래전 기억들이 보여지는 순간 바로 잊혀졌다. 그러나 너무나 희미했다.

놈에게는 의미가 없어진 기억들이라, 기억 속에서 모든 인물들의 얼굴은 그림자처럼 뭉개져 있었다. 놈은 아내도 잊고 아이들도 잊고 교도들도 잊었다. 사랑하는 사람을 모두 잊었다.

어찌 그럴 수 있단 말인가.

있을 수 없는 일이다. 아무리 안식을 무한히 취했다 하더라도 어찌!

"나는 그렇지 않았다!"

그렇게 외치는데, 시야가 뱅그르 돌았다. 사정없이 도

는 시야 속에서 목이 절단된 놈의 전신 또한 바쁘게 돌아대는 것처럼 보였다.

시야가 내리꽂히며 한 바퀴씩 돌 때마다, 놈의 두 눈과도 꾸준히 마주친다. 놈의 잘린 얼굴도 회전하며 땅으로 떨어지고 있는 중이다.

또 한 바퀴 회전.

또 눈이 마주쳤다.

그때 감응이 일어나며 새로운 기억이 떠오르지만, 뚜렷해지려는 찰나마다 놈의 차가운 시선 속에서 다시금 사그라지고 마는 것이다.

다시 눈이 마주쳤을 때에는 놓치지 않으리라 결단하였다.

그러고 나서 놈과 눈이 마주쳤다.

어느 날의 기억.

그 뿌연 기억 속에 가지런히 누워있는 그림자로 색이 입혀진다. 화폭 위에 신경질적으로 물을 끼얹어 버린 듯한 주변의 풍경도 본래의 자리를 잡아 나간다.

잡음에 가까웠던 소리들까지……

"호상(好喪)이에요."

그렇지만 정작 아내의 목소리에는 힘이 없었다.

"그러니 고이 보내줍시다."

나는 염하기 전의 흑웅혈마를 내려다보고 있었고,
아내는 내 품에 안겨 있다.

우리는 슬퍼하지 말자고 했다. 하지만 아내의 눈물
은 멈추지 않았고, 아내의 등을 감싼 내 손도 파르르
떨리고 있다.

놈의 두 눈이 돌아가는 얼굴 그대로 내 시선에서 벗어
난 것도 잠깐.

우리는 다시 눈이 마주쳤다. 그때 새롭게 떠오른 그림
자는 아내의 것이 분명했다. 아내가 소소하게 아껴왔던
안락의자, 그림자는 아내가 의자에 앉아 있는 형상이었
다.

그러니 거기로 물드는 색은 아내의 화사한 색일 수밖에
없었다.

"무슨 일 있으세요?"

아내가 물었다.

"놀라지 말고 들으시오."

"왜 그러셔요."

흰 머리와 함께 눈가에 주름이 하나둘씩 늘어나기

시작한 아내였어도, 미모는 여전하다.

나는 아내가 아직도 참 아름답구나, 하고 생각하고 있다. 하지만 이렇게 아름다운 아내여도 마지막인 순간이 있다. 이는 어쩔 수 없는 일이다. 아내의 염원이 그러했으니까.

"색목도왕이 떠났소. 하늘로 말이오."

내가 말했다. 아내의 두 눈이 흠칫 멈췄다. 약 이십여 년 전에 흑응혈마가 조용하니 임종을 맞이했던 순간에 보였던 그 눈이다.

"괜, 괜찮으세요?"

아내가 물었지만 오히려 내가 해야 할 말이었다. 놀라 의자에서 일어나던 아내는 휘청거리며 내 앞으로 넘어졌다.

나는 아내를 부축하며 슬픈 옛날을 떠올렸다. 그날과 비슷하게 말했다.

"사람은…… 사람은 언젠가는 다 죽게 되는 것이오. 고이 보내줍시다."

눈을 질끈 감았다. 더 이상 놈과 눈을 마주쳐서는 안 된다는 큰 경고음이, 사방 어디에서나 시끄럽게 울려대는 것 같았다.

그래. 인정한다. 총체본산에서의 삶이 언제나 행복했던 것만은 아니었다. 나는 거기에서 많은 사람들을 떠나보냈다.

아이들이 태어나고 아내와 행복한 세월들을 보내는 순간에도, 나는 사랑하는 사람들의 죽음을 꾸준히 마주하고 있었다.

그래도 안식과 거기에서 오는 행복이 공존하고 있었기에, 사랑하는 이들의 마지막을 담담히 맞이했었고 했었을 것이며 했다.

하지만 놈은 그랬던 내 '현상(現狀)'에서 몇 계단을 더 거친 놈이다.

사랑하는 이들에게서 오는 행복과 그들의 죽음에서 오는 고통.

균등하게 유지되어 있던 놈의 저울추가 고통 쪽으로 기울던 끝에 다 놓아버린 것일 수도 있고, 아니면 한 인간으로서의 인생을 다 살았기 때문에 존엄한 영역으로 완전히 돌아간 것일 수도 있다.

그래서 지금 놈이 갖춰둔 상에는 인격과 감정이 없었던 것이다.

나는 두발로 땅을 딛고 섰다. 우리는 전장에 돌입했던 처음같이 회복되어 있었다.

감응은 눈과 눈이 부딪치는 것만으로 일어나는 게 아니어서, 눈을 감고 있는 건 무의미한 일이다. 눈을 떴다.

슬프게 바뀐 놈의 표정이 보였다.

나와 대면한 이래로 처음 드러내는 인격이자 감정이었다.

놈의 저 슬픈 얼굴을 보는 게 괴로웠다. 자꾸만 생각나게 만든다.

흑웅혈마와 색목도왕 그리고 교도들의 마지막.

하물며 아내의 마지막은 더더욱이 떠올리기 싫다. 우리 부부, 우리 가족은 참으로 행복한 삶을 살았지만 그렇다고 마지막을 지켜보는 지금의 고통이 지금의 행복 속에 희석되는 건 아니었다.

고통이 있지만, 행복이 공존하고 있기에 균등하다고 생각하고 있던 건 내 착각이었다.

안식과 행복은 너무나 달콤해서 고통을 외면하게 만든다.

하지만 종국에는 견딜 수 없게 된다. 혹은 인세(人世)를 떠날 때가 온 것이다.

놈의 저 슬픈 표정은 그걸 말하고 있었다.

검을 고쳐 잡았다. 내가 흔들리고 있는 만큼, 놈도 그랬다.

우리는 서로에게 아무렇게나 달려나갔다. 검기가 만발하거나 지축 따위도 울리지 않았다. 가공할 능력으로 폭열의 아지랑이를 피울 것도 없었다.

검과 검이 부딪칠 뿐.

놈은 내게서 보고 있고, 나는 놈에게서 보고 있다.

그날을 말이다.

＊　　　　＊　　　　＊

"하……하지 마셔요."

아내는 알고 있었다. 약 백 년을 가까이 해로한 사이인데, 나에 대해 모를 리가 없었다. 아내는 나와 아내 사이에서 빛나고 있는 환하고 아름다운 빛이 무엇인지도 짐작하고 있었다.

"할 거요. 이대로 보낼 수 없소."

"교주님."

"언제 적 교주요. 나는 아주 오래전부터 당신의 남편일 뿐이오."

"그럼요. 서방님. 당신 아내의 마지막 소원입니다. 저는 여한이 없어요."

"다 거짓말이오."

"아녀요. 제가 서방님을 속인 적은 한 번밖에 없어요."

아내는 회상에 잠기는 얼굴이었다. 나는 아내가 무엇을 생각하고 있는지 알았다.

우리 부부가 처음으로 생사고락을 함께했었던, 내가 소교주였을 적일 때의 사건들도 지금 아내에게는 아련하고 소중한 추억으로 남아 있었다.

굳이 말로 형용하지 않고 있기 때문에, 아내가 반추하는 삶들은 더욱 행복하니 의미가 깊었다. 아내는 나를 응시하다가 고개를 저었다.

"제가 이대로 떠나지 못한다면, 그건 한 가지 이유밖에 없을 거여요."

"말해보시오."

나는 흐느끼듯이 말했다.

"흑천마검 공이 없으니, 누가 우리 교주님을 위로해 주겠어요. 우리 자식들은 저도 흑천마검 공이 될 수 없지요."

"당신……."

"그날 저는 깨어있었어요."

"그날이라면."

"넷째를 낳고 총체본산으로 들어온 날 말이여요. 그리 큰 소리가 났는데 왜 깨지 않았겠어요. 깨지 않은 척했죠.

제가 교주님을 속인 건 그때뿐이었어요."

"다 알고 있었소?"

"깨어있지 않았어도, 왜 모르겠어요. 저예요. 당신의
아내. 교주님. 제가 흑천마검 공의 빈자리를 채워 주었나
요?"

나는 망설이지 않고 대답했다.

"당연하오."

그럼에도 불구하고 아내는 희미하게 웃었다. 오히려 내
가 거짓말을 한다고 질타하는 아내다운 미소였다.

"마지막까지 감사합니다. 제 마지막이 이렇게 준비가
되고 평온할 수 있는 것도 우리 교주님 덕분인 걸 왜 모르
겠어요. 그러니 이제……."

아내는 내게서 시선을 돌렸다. 나를 질타하던 아내의
미소는 우리 부부가 아이들을 키우고 넷째까지 낳았던 산
촌의 처소를 처음 들어가던 날에 지었던 미소로 점점 바
뀌었다.

더는 참을 수 없었다. 아내의 몸 위로 얼굴을 파묻었다.
내 뺨을 손 삼아 아내의 몸을 쓸어 올라가, 아내의 뺨을
비비적거렸다.

안 되오. 안 되오.

그 말이 몇 번이고 목구멍까지 치밀어 올랐다. 하지만

들여다본 아내의 두 눈은 진심이다. 아내의 눈에 내 늙은 얼굴이 비쳤다.

자글자글한 눈주름을 타고 눈물이 흘러내리는 모습 또한.

나는 너무나 너무나 슬픈 얼굴을 하고 있다.

들여다보고 있던 아내의 눈동자가 마신의 눈동자로 변했다. 마신 또한 눈물을 흘리면서, 그 안에 비친 슬픈 얼굴 또한 뭉개지고 있다.

"왜 끄집어낸 것이냐……."

마신이 이쪽을 노려보고 있는 시선에는 원망이 가득했다.

마신은 격정에 사로잡혀 있었다. 보자마자 알 수 있었다. 과연 마신과 맞대고 있는 검에도 누르기 힘든 감정이 고스란히 깃들어 있었다.

"왜!"

마신이 악을 쓰듯 얼굴을 일그러트렸을 때, 강한 압력이 일어났다.

그 순간에 마신은 놈의 능력이 최고점에 올라 있는 것 같았다.

그래서 나는 마신이 나를 튕겨내 버렸고, 내가 튕겨져

나가는 방향 쪽으로 다음 공격이 예정되어 있다는 것조차 인지하지 못했다.

＊　　　＊　　　＊

뭔가에 부딪혀 땅으로 떨어지고 나서야, 앞을 볼 수 있었다.

제일 먼저 보이는 건 땅을 딛고 서 있는 누군가의 발이었다. 마신의 것은 결코 아니었다. 파편들이 위에서 툭툭 떨어지면서 내 만면으로 부딪쳐 댔다. 특히나 파편의 색이 검디검었다.

"안 돼, 안 돼.", 마신이 우는 목소리도 함께였다.

낡아 빠진 흑빛의 장포 그리고 허리 밑까지 내려와 있는 검은 머리칼들이 일제히 쏟아졌다. 그렇게 흑천마검이 내게 안겼다.

가슴에 구멍이 뻥 뚫려 있었다. 얼굴을 비롯해 드러난 피부 전체는 한군데도 빠짐없이 갈라지며 파편들을 떨어트리고 있었다.

한데 흑천마검은 무엇이 좋다고 웃음을 머금고 있었다.

죽어가는 통증으로 너무도 뻔한 웃음을.

"제멋대로 굴지 말라니까. 내 당부를……."

나는 소리를 지르지 못했다.

약간의 파장만으로도 흑천마검이 바로 산산조각 나고
말 테니까.

대신 흑천마검을 안은 채로 몸을 일으켰다. 그때도 마
신은 충격에서 헤어 나오지 못하고 있었다. 놈은 계속 그
말만 중얼거리고 있었다.

"안 돼. 안 돼."

마신은 자신이 저지른 끔찍한 고통을 마주하고 있는 중
이었다. 놈은 흑천마검의 가슴을 꿰뚫어버린, 제 주먹만
을 바라보고 있다.

나는 그런 마신에게서, 눈두덩이 퉁퉁 부어 울고 있는
약한 소년의 모습을 발견했다.

놈은 나보다 더 괴로워하고 있었다. 다른 누구도 아닌
본인이 흑천마검을 죽인 당사자였으니까. 흑천마검의 고
개가 그쪽으로 돌아가려고 하자, 놈이 아주 당혹스럽고
간절한 눈빛을 보냈다.

나는 흑천마검의 돌아가던 고개를 붙잡았다. 그러고는
흑천마검과 눈과 눈을 마주치며 말했다.

"여기는 무한 지옥이다. 흑천마검. 그래서 내 오지 말
라 그리도 당부했는데. 했는데 왜 온 것이냐. 보아라. 너
를 삼킬 곳이었단 말이다."

"애송이, 네놈…… 혼자서는 뭘 못하지 않느냐. 이 몸께서 보살펴 주지 않고는."

녀석이 입을 열 때마다 얼굴의 파편들이 피처럼 부서져 나온다.

"제발."

나는 신에게 간절히 빌었다. 당연하겠지만, 내 염원을 들어줄 신은 없었다.

그게 흑천마검의 마지막이었다. 산산조각 나버렸던 파편들은 순식간에 가루가 되어 내 손가락 사이사이로 흘러 내렸다.

흑천마검이 여기에 왔었다. 그리고 나를 위해 희생했었다는.

그런 흔적조차 순식간에 사라졌다. 부서져 내린 가루들이 나와 마신의 눈물과는 다르게, 지면에 닿기도 전에 사라져 버린다.

시야가 흔들렸다.

누군가 다리를 꺾어버린 것처럼, 나는 힘없이 무너졌다.

두 무릎을 꿇고. 행여나 남아있을지도 모를 흑천마검의 파편을 찾아 지면을 더듬거렸다. 그러나 없다. 없어. 존엄한 영역에 들어온 대가다.

애꿎은 흙더미들만 계속해서 파이고 만들어질 뿐, 이윽고 내 고개도 축 늘어졌다.

그때는.

"안 돼……."

마신의 똑같은 그 중얼거림 또한 계속 흘러내리고 있던 때였다.

나는 하던 걸 멈추고 고개를 들었다. 마신을 쳐다보았다.

파르르 떨리는 제 손을 바라보며 어찌할 줄 모르는 놈을 보자니, 한심하고 처량한 생각이 들었다.

도대체 우리가 무슨 죄를 지었기에, 이리도 잔인하단 말인가.

언제까지나!

이 세상은!

"네놈이 흑천마검을 죽였어!"

결국 내 입에서 참다못한 분노가 터져 나오고 말았다. 온 삶을 통틀어 꾹꾹 눌러오다 못해, 쌓여왔던 고통들이 지옥의 화염으로 변하여 전부 다 토해져 나오는 꼴 같았다.

놈도 이 무한 지옥 속에 던져진 피해자라는 걸 이해하지만, 놈이 흑천마검을 죽인 것 또한 사실이다. 납득하면서도 납득할 수 없다.

흑천마검은 영원히 사라졌다.

"나는."

놈이 줄곧 '안 돼…….'만 중얼거리던 소리를 멈췄다.

"나는 구태(舊態)가 되었다. 그런데 네놈도 구태를 답습하고 있다."

놈이 말했다. 자괴감에 몸부림치는 구슬픈 눈물 또한 흘리면서 말이다.

"그래서 흑천마검의 죽음을 헛되이 할 것이냐? 흑천마검이 희생되었어. 흑천마검이……."

나도 울면서 대꾸했다.

흑천마검은 완전하지 않았다. 그래서 전능(全能)이 무엇인지 알 수가 없었다.

구태여 흑천마검이 마신의 공격을 막기 위해 제 몸을 불사르지 않았어도, 때문에 내 가슴이 뚫리고 사지가 날아가 버렸어도.

나는 죽지 않았다.

아는가. 전능자를 죽일 수 있는 건, 전능자 본인밖에 없다.

나와 마신이 여기 전장을 만들며 우리 스스로에게 제약(制約)해 놓은 바는, 회복이나 무력 같은 능력의 제한이 아니었다.

우리는 우리 스스로 죽을 수 있는 가능성을 열어두었던 것이다.

풀썩.

마신의 전신이 아래로 쑥 꺼졌다. 내가 죽어가던 흑천마검을 안아 들고 괴로워하던 것처럼, 놈도 땅 위에 두 무릎을 꿇었다.

"부디 너는 구태가 되지 말라. 그래서 이 틀을 다 부숴 버려라 하고 싶지만."

"……."

"흑천마검이 죽었다. 네 곁에도 이젠 흑천마검이 없구나. 이제 누가 널 위로해 준단 말이냐. 미안하고 끔찍한 일이다. 네게도. 내게도."

"감히, 같은 취급 말아라. 이미 넌 그럴 말을 할 자격이 없다. 그리고 나는 실패하지 않을 것이다. 흑천마검의 희생을 의미 없게 만들지 않을 것이란 말이다. 흑천마검은…… 흑천마검은……."

"똑같군."

"뭐?"

"나는 아니었던 것 같은가. 나도 그랬다. 똑같은 지금이 왔지. 우리는 각자의 세상에서 인과율을 능가하고 또 그것의 섭리에서 진즉에 벗어났지만, 인과율은 온 세상의 틀을 유지하는 장치를 여기에 심어 두었다."

놈은 마치 '우리들의 머릿속에', 라고 이어 말하듯이 제 머리를 가리켰다.

그러고는 나를 빤히 쳐다보며 물었다. 놈의 유언 같은 것이었다.

"나는 지금 그걸 깨달았으니, 내가 구태라는 것이다. 너는 어떤가?"

"이 잔인한 굴레는 내게서 끝날 일. 너는 무엇을 해야 하는지 알겠지? 너는 끝났다. 아니, 너는 더 존재할 자격이 없다."

구태여 깨우쳐주지 않아도, 놈은 이미 스스로의 마지막 길을 준비를 하고 있었다. 전능의 힘으로 가득 찼던 놈의 만면과 전신이 약해지기 시작했다.

그런데 그때.

놈이 뜬금없는 말을 뱉었다.

"네게 묻는 게 아니다. '지금'을 보고 있을 다음 세대에게 묻고 있는 것이지."

"그 무슨…… 아!"

"그래. 줄곧 말해왔었다. 너 또한 나와 같은 구태라고. 하지만."

그렇지 않아도 내게서 시선을 떼지 않고 있던 놈의 두 눈이, 갑자기 온 세상을 뒤덮을 만큼 커져 버린 것 같은 기분이 들었다.

주변의 배경일랑 싹 다 지워지고, 오로지 놈의 눈만 보였다.

"하지만 너는 어떤가? 너는 이 굴레를 끊을 수 있는 녀석인가?"

놈이 또 물었다.

"너 또한 구태인가?"

*　　　*　　　*

"아니다!"

나는 그렇게 목소리를 터트리며 마신과 맞대고 있던 검을 뿌리쳤다.

와장창!

마치 유리가 그렇게 깨지듯이, 아내의 마지막에서 직전으로 넘어갔던 기억의 순간이 산산조각 났다.

나는 감응(感應)을 깨고 나왔다.

아내의 마지막까지는 나도 품고 있었던 기억이었다. 하

지만 그 뒤에 보았던 기억들은 내 것이 아니라, 온전히 마신의 오래된 기억이었다.

흑웅혈마와 색목도왕의 마지막 그리고 아내의 마지막.

그 기억들은 마신이 날려버린 온갖 기억들 중에서도 밑바닥에 위치한 기억들로, 너무나 너무나 슬프고 고통스러웠던 날들이었기에 본인 외에는 누구도 열지 못할 상자에 넣어서 심연 속에 던져두었던 기억이다.

그런데 아내의 마지막이 가장 밑바닥에 있던 게 아니었다.

아내의 기억 아래로 더 짓눌려 있는 기억이 있었으며, 그 기억은 마신이 기억하는 가장 슬프고 고통스러운 순간이었다.

바로 흑천마검의 마지막. 놈이 가장 소중했던 친우를 잃은 날의 기억.

그리고 그 시작이 바로 눈앞에서 반복되려 하고 있었다.

놈이 원망과 분노로 혼재된 격렬한 감정을 일으키며 나를 쳐다보고 있는 것이다. 그동안 잊고 왔던 고통스런 기억들이 놈에게 쏟아지고 있었다.

이윽고.

"왜 끄집어낸 것이냐……."

놈이 악을 썼다.

"왜!"

놈의 외침은 시작이었다.

인과율이 이 세상을 끝끝내 유지하기 위해 심어두었던
최후의 장치.

그 장치의 처음이면서도 마지막인 톱니바퀴가 운동을
시작한다.

제8장

내가

　인과율이 어느 시점까지 우리를 성장시켰던 수단도 고통이었다. 그리고 지금, 최후의 방어선으로 우리에게 심어둔 재료 또한 고통이다.

　인간의 마음이 깃드는 순간 어쩔 수 없이 비롯되는 고통.

　사랑하는 이들의 마지막, 특히 흑천마검의 죽음에 대한 기억은 마신을 격정으로 치몰고 있었다.

　하지만 그것만일까.

　그것만으로는 무한한 굴레를 반복한다는 지각조차 없는 것이 납득되지 않는다.

마신에게는 놈을 고통스럽게 만드는 이야기들이 더 있다.

"왜 끄집어낸 것이냐……."

감응에서 일어난 단편의 기억과 고통들이, 놈에게 단일 의지로만 존재했던 당시를 상기시키고 있었다.

오로지 하나의 목적.

인과율의 새로운 예정자였던 나와 내게 예정되었던 차원들을 도모하기 위해, 자신의 의지가 어디까지 치달았었는지를 한꺼번에 기억해 내고 있었다.

봐라. 놈의 눈을.

격정에 사로잡힌 한쪽 눈에는 흑천마검이 고통에 몸부림치고 있고, 다른 쪽 눈에는 옥제황월이 울부짖고 있다.

*   *   *

하지만 무한하게만 보였던 굴레는 진작부터 삐거덕거리고 있었다.

흑천마검이 하나였던 당시, 스스로를 불멸자에서 필멸자로 만들며 내게 의문이자 유언을 던져놓았던 사건은 기존의 굴레에는 전혀 없던 일이다.

완전히 새로운 일이다.

너는 구태인가.

거기에 대고 나는 아니라고 외칠 수 있었던 까닭부터 가.

내가 이룬 게 아니었다. 하나였던 흑천마검의 업적이었다.

나는 흑천마검에게 위대한 과업을 인계받았다. 녀석의 희생으로 말미암아 말이다.

아주 오랫동안 나를 위해 희생만을 해 온 흑천마검인데.

그런데 어찌 또 녀석을 희생하게 만들 수 있단 말인가.

녀석은 너무도 많은 희생을 해왔다. 이번에야말로 내 차례다.

흑천마검에게 고마웠다.

나 또한 마신처럼 변질되어 버리기 전에. 내 손으로 흑천마검과 동질의 것에 고통을 주고 또 불쌍한 옥제황월 같은 것을 이용하고 버리기 전에.

그리고 새로운 예정자, 또 다른 나를 공략하는 데에만 움직이는 단일 의지가 되기 전에. 사랑하는 이들과 흑천마검까지 다 잊어버리기 전에.

그전에 모든 걸 그칠 수 있는 기회를 맞이할 수 있었던 것은 전부 흑천마검 덕분이다.

나는 각오를 다지며 마신을 바라보았다.

놈의 입 끝에서 바로 터져 나왔다.

"왜!"

놈이 그렇게 절규를 토하는 것으로, 인과율이 여기에 심어둔 장치의 톱니바퀴가 빌어먹을 운동을 시작한다. 장치가 움직이는 소리가 실제로 들린다면 그것은 지옥의 선율일 것이다.

운동력의 원천은 마신이 인간일 적에 마음.

거기서 오는 괴로움과 고통!

우리 둘의 감응에서 비롯된 일이라 그걸 저지할 수는 없다.

하지만 나는 마신의 다음 공격만을 중단시키면 된다.

인간일 적 인격과 기억 그리고 감정을 다 되찾은 마신은 제 친우에 대한 애착이 크다. 실제로 수없이 무한한 굴레 안에서 마신들은, 그의 진짜 친우가 아님에도 불구하고 흑천마검을 죽인 죄책감을 못 이겨 죽음을 인정하지 않았던가.

비록 나는 사라지게 될지라도, 흑천마검은 남게 되리라.

튕겨져 날아가고 있는 중이었다.

뭔가에 부딪치고 나서야 튕겨졌음을 인식하는 것은 굴레 속의 일.

나는 내게 일어나고 있는 지금을 느끼고 있었으며, 오래전부터 흑천마검이 지금에 남겨두었던 기회를 놓치지 않았다.

전능의 힘을 거둘 때였다.

언제고 죽을 수 있게 된 그 순간.

아래로 곤두박질쳤다.

"푸악!"

구르고 또 굴렀다.

부드러운 모래도 그 순간만큼은 스쳐 지나가는 칼날이 되었다. 하물며 내가 쓸고 지나간 돌멩이들은, 이 허약한 육신을 마구잡이로 물고 뜯었다.

움직임이 멈추자 입 안으로 제대로 된 피 맛이 났다. 흘러내리는 피 또한 두 눈을 연신 찔러대고도 있지만, 반드시 확인해야만 하는 게 있었다.

벌써 머금어진 핏물을 뱉었다. 손등으로 눈앞을 훔쳤다.

그제야 두 발을 딛고 서 있는 누군가의 발이 보인다.

아아.

방향이 바뀌어져 있었다. 발목 뒤가 보이는 것이 아니라, 발끝이 내게로 향해져 있었다.

마신의 발이다.

그때 큭, 하고 안도의 웃음이 나왔다.

그것도 잠깐이다.

입안에 다시 들어찬 핏물이 웃음을 막았다. 피뿐인 기침만 콜록콜록 토해져 나온 그대로 고개를 들었다.

슬픈 얼굴도 이쪽을 내려다보며, 나를 기다리고 있었다.

마신이 나를 지금 끝내지 않는 이유는 간단했다. 흑천마검이 난입하고 있다.

긴 머리카락을 산발하고 낡은 흑빛 장포를 펄럭이며 날아오는 흑천마검.

한순간이었지만 나는 흑천마검의 동공이 흔들리는 걸 볼 수 있었다. 마신에서 자연히 느껴지는 존엄함, 그 위대한 능력으로 자신이 소멸될 수 있다는 두려움 때문이 아니었다.

단지 마신이 나를 끝낼 수 있는 위치에 있고, 내가 아래에 쓰러져 있기 때문.

그뿐이다.

흑천마검 녀석은 내게 닥친 위험만을 보고 있었다. 그러며 자신을 불사를 기세로 가능한 모든 힘을 순간에 폭발시켰다.

온 세상을 잠식할 것만 같은 거대한 어둠이 사방으로 쫙 퍼졌다.

어둠이 세상을 채우며 무서운 속도로 가까워진다.

그리고 마신은 그걸 쳐다만 보고 있었다.

안 돼. 나로 끝나면 되는 것이다. 녀석을 죽인다고 의미 없지 않으냐. 굴레는 틀어졌으며, 녀석은 너에게 많은 도움이 될 것이다. 나를 대신하여 너를 함께 인과율의 틀을 다 갈기갈기 찢어버릴 것이란 말이다.

그것은 내가 마신의 발목을 붙잡으며 하고 싶었던 말이었다. 마신이 흑천마검을 죽이지 못하는 처지라는 것을 알면서도.

인과율이 우리에게 심어둔 장치가 나를 그렇게 움직이고 있다.

하지만 내 힘없는 손이 마신의 발목에 닿기도 전에, 암흑으로만 가득 찼던 전방에서 빛이 퍼져 나왔다. 순환이 그러하듯이 시작과 끝없이, 그 빛은 암흑을 순식간에 지워버렸다.

어김없이 흑천마검이 드러났다.

거센 폭풍에 휘말린 낙엽 하나같았다.

흑천마검은 사정없이 나가떨어지는 중이었고, 땅으로
추락한다.

그때 나는 마신의 발목을 붙잡고 있었다. 그제야 하고
싶었던 말을 할 수 있었다.

빌어먹을 핏물이 한 번씩 목구멍부터 울컥대는 것이,
나를 더 안달하게 만들지만.

"알지 않은가. 녀석을 죽이는 건 의미가 없다. 녀석을
죽이는 순간부터, 굴레가 반복되는 것이다. 새롭게 짜여
진 굴레가 반⋯⋯."

푸악!

놈의 발등에 핏물을 쏟아냈다. 한데 놈은 미동도 없었
다.

아무 말 없이 나를 내려다보고 있는 얼굴은, 여전한 슬
픔에 잠겨 있었다.

나를 찢어놓을 듯이 절규했던 것도 아주 오래된 옛일이
되고 만 것처럼, 그리고 잃어버린 제 친구를 찾듯이 나와
흑천마검을 번갈아 쳐다본다.

"흑천마검⋯⋯."

마신이 중얼거렸다.

안 돼, 안 된다고 중얼거린다면 비극이겠지만.

분명히 마신은 옛 친우의 이름을 되새기고 있었다. 분명히 흑천마검에서 옛 친우를 떠올리고 있었다.

걱정하고 있었는데 흑천마검이 일어섰다. 상(象)일 뿐인 흑빛 장포가 넝마처럼 찢어진 것 외에는 큰 피해가 없었다.

천만다행이다.

하지만 흑천마검은 마신의 권능에 짓눌려 매번 나아갈 수 없기 때문에.

"애송아아아아!"

온몸으로 발악하며 외치는 그 음성이 그리도 구슬프게 들리는 것이다

마신이 애송이란 소리에 반응했다. 자신도 모르게 흑천마검을 향해 내딛으려던 움직임도 있었다. 그러나 마신도 안다.

흑천마검이 부르는 애송이가 누구를 지칭하고 있는지 말이다.

그 순간에 보인 마신의 얼굴은 한층 더 슬퍼져서, 흑천마검의 가슴을 꿰뚫을 수도 있었던 제 주먹을 바라보기 시작했다.

놈이 입술을 열었다.

"틀어졌군."

격정에 사로잡혔던 놈이 더 이상 아니었다. 비록 슬픔
에 잠겨있다고는 하나, 인간이라면 정상적인 사고를 할
수 있는 상태가 되어 있었다.

"그래. 틀어졌다. 그리고."

쿨럭.

"다가 아니다. 네놈 하기에 따라선 굴레를 완전히 끝내
서……."

쿨럭.

"인과율의 틀 또한 찢어놓을 수도 있을 것이다. 그러니
잊지 마라. 네 업적도 내 업적도 아니다. 너와 내가 이 기
회를 맞이할 수 있었던 것은……."

'저 녀석 덕분이다', 라고 말을 이을 필요도 없었다. 놈
은 이미 흑천마검을 생각 깊은 시선으로 바라보고 있었
다.

그럼 되었다.

내가 말했다.

"나는 진즉에 준비를 끝냈다. 죽음을 인정하고 있으니
이제……."

마지막으로 흑천마검을 두 눈에 담은 채로, 눈을 감았

다.

비록 내가 주체가 되지 못하지만, 흑천마검은 온 세상을 둘러싸고 있는 이 감옥의 창살뿐만 아니라 틀 전체를 찢어 버린 이후의 세상에서도 살아갈 수 있을 것이다. 그렇게 완전한 해방을 맞이할 것이다.

내 몫까지 녀석이.

그것이면 되었다. 나는 녀석에게 갚아야 할 빚이 너무 많으니까.

"이제 끝내라."

나는 한 번 더 말했다. 하지만 아무런 일도 일어나지 않는다.

"무안한 것이라면, 내 스스로 끝을 맺지. 때를 놓치지 마라."

그때.

"큭큭."

쓰디쓴 웃음소리가 나를 멈췄다.

눈을 떴다. 자조의 빛을 띠고 있는 놈의 옆얼굴이 보였다.

놈이 전방의 흑천마검을 바라보며 말했다.

"저 모습을 보고도 나와 함께할 거라고 말할 수 있는 것인가."

놈의 시선을 따라 고개를 돌리자, 살기등등한 흑천마검이 보였다. 더는 나를 애타게 부르짖거나 속박에서 벗어나기 위해 몸부림치고 있지는 않았다.

우두커니 선 채 혈안으로 마신을 노려보고 있었다. 그뿐이지만, 원귀(冤鬼)같이 뜬 그 눈에서 흘러나오는 의지가 있었다.

감히 해 보아라. 애송이에게 손끝 하나라도 대보아라.

＊　　＊　　＊

흑천마검을 바라보는 마신의 옆모습은 오히려 잔잔한 호수 같아졌다.

하지만 조용한 수면과는 달리 내부는 심히 깊었다. 회용돌이도 몰아치고 있었다. 한 번씩 마신의 눈 속에서 떠오르는 이채(異彩)가 그것을 말해주고 있었다.

마신은 본인의 내면과 싸우고 있는 중이다. 끊임없는 갈등의 반복을 겪고 있다.

주체(主體)는 본인이 아니라 나와 흑천마검이 되어야 할 것 같다는 쪽과, 그러기에는 본인의 소멸을 용납할 수 없다는 쪽의 싸움.

그러나 내가 끼어들 수 없는 싸움이라, 나는 기다릴 수밖에 없었다.

마신은 오랫동안 조용했다.

갈등을 계속하는 와중에도, 흑천마검을 보면서 옛날 일들을 끊임없이 곱씹고 있었다.

거대 철물의 소우주 안에서 매 순간 그래왔던 날들처럼, 지금 그는 또 다른 굴레에 빠져 있는 것과 다름없었다.

그러던 문득 그의 혈룡포가 흔들거렸다.

하늘하늘한 움직임을 보였다.

"그러고 보니 제대로 대화를 나눈 적이 없군. 진짜 나와 말이다. 존마교의 그것도, 평행세계에서 찌들대로 찌든 그것이 아닌. 진짜 나와."

마신이 말했다.

평온 속에서 흘러나온 목소리에는 거부할 수 없는 울림이 있었다.

"결단을 다 내린 모양인데. 대화가 필요한가."

내가 되묻자.

마신의 입가에 옅은 미소가 떠올랐다.

찰나의 순간이었지만, 나는 그런 마신의 미소에서 큰 충격을 받았다.

"너……."

"놀란 모양이군."

마신은 내가 힘겹게 일어선 시점에서, 흑천마검이 있는 쪽을 주시한 채로 말했다.

"놀람을 넘어 충격적이군."

"무엇이 말인가, 내 미소가? 행성을 씹어 삼키고, 우주 폭풍을 일으키는 것보다 이 미소가 효과적이라니. 일찍이 알았다면 크게 웃어줄 것을 그랬군."

대꾸하지 않았다.

'네 결단이 무엇이든 흑천마검에는 손대지 말아야 할 것이다.', 따위의 말은 할 필요 없었다. 마신도 물론 알고 있을 테니까.

훼엑.

한순간, 한 점 부는 바람도 없이 마신이 걸친 혈룡포가 날아갔다.

날아간 방향으로 시선을 돌렸을 때에는 이미 사라져, 하늘에는 아무것도 없었다. 다만 거기에 태양이 있을 뿐이다.

우리가 여기 전장에 만들어 낸 태양은 또 비스듬히 빛을 비추고 있으니, 마신의 나신이 내 앞에서 반들거리고 있었다.

그런데 혈룡포는 단순한 상(象)이 아니다.

놈은 자신을 지우고 있는 중이었다.

나와 감응을 이루며 되찾았던 자신의 모든 것을 또다시 말이다.

그때 마신의 입술이 열렸다.

"시작과 끝이 어디일까, 생각해 보았다. 본래 해서는 안 되는 것이지만 하게 만들었지. 저 녀석이……."

그렇다. 순환에는 시작과 끝이 없다. 존재하지도 않는 시작을 생각하는 것만큼 어리석은 일이 없다. 끝도 마찬가지.

마신은 여전히 흑천마검에게서 눈을 떼지 않고 있었다.

어느새 마신은 저 처절하고도 위협적인 흑천마검의 의지를 비웃거나 두려워하지 않고, 일어나야만 하는 하나의 현상처럼 바라보고 있었다.

마신의 두 눈에는 흑천마검을 향해 떠올렸었던 그리움도 슬픔도 분노도, 이젠 없다.

"굴레가 틀어졌다는 것을 알게 되었을 때, 나는 시작을 생각했다."

마신이 계속 말했다.

"분명히 지금은 굴레의 끝이라 말할 수 있는 순간이었으니까. 그래서 시작을 생각할 수도 있었지. 하지만 문제

내가 277

는 그것이 생각나지 않는다는 것이었다."

"……."

"시작조차 생각할 수 없는 무력감이 밀려들더군."

사고가 거기에 미치기까지는 마신에게도 바로 직전의 일이었지만, 마신은 굉장히 오래된 일인 것처럼 말하고 있었다.

우리의 능력이 각 차원에서 인과율을 능가하고, 그것의 섭리에서 벗어나게 된 것도 모두 인과율의 예정하에 있었던 일일지도 모른다.

마신이 말하고 있는 무력감의 정체는 바로 그것이었다.

여전히 우리는 거대한 장치를 움직이는 톱니바퀴에 불과할 거라는, 마신의 생각은 틀리지 않았는지 모른다.

우주는 순환으로 존재하니까.

우리의 고통스러운 순환으로 그렇게 운동할 수 있었으니까.

그런데 우리가 이토록 순환을 계속해 오고 있는 이유가 있었다. 존엄한 지위에 올라, 가장 중요한 걸 떼어 놓는 순간들이 반복되고 있기 때문이다.

그때마다 우리는 신으로 온전하기 위해, 인과율을 넘어서기 위해.

너무나 큰 것을 포기해 버렸다.

“선택……."

내가 중얼거렸다. 생각이 자연히 입 밖으로도 흘러나왔다.

우리가 인과율의 섭리를 벗어날 수 있었던 이유도 그 때문이었거늘.

마신이 제 친우를 잃은 끔찍한 고통 뒤에 지운 건 인격과 감정 그리고 온갖 기억들이지만, 마신은 선택의 가능성도 함께 포기해버린 꼴이었다. 마신들, 그런 우리들이 그래왔다.

절대적인 단일 의지로만 움직이는 존재가 되어, 선택은 없고 목적만을 이루기 위한 존재가 되었다. 결과를 생각하며 고민하는 것도, 선택의 기로에 서는 일도 사라져버렸다.

물론 이는 인과율이 우리에게 심어둔 장치 때문이고, 지금까지도 인과율은 그 고통으로 우리를 통제하려 한다. 그리고 줄곧 통했다.

고통에 몸부림치다 선택을 하지 않게 된 순간부터.

마신이 된다.

“그래서 끝을 생각했다."

이제 감정을 날려버린 마신이었다.

무엇도 느낄 수 없는 무정한 시선이기 때문일까.

아니면 곧 이어질 말 때문일까.

나는 마신의 눈이 먹잇감을 노리는 육식자의 눈처럼 보였다.

그때 흑천마검도 나와 비슷한 느낌을 받았던지, 더욱 섬뜩해진 의지를 쏟아내고 있었다. 하지만 마신은 동요하지 않는다.

마신이 계속 말했다.

"우리는 끊임없이 우리를 삼키며 성장해 왔었더군. 다음 단계로 도약하는 길목에는, 우리가 삼켜야 할 또 다른 '나'들이 있어왔다. 잔혹하지만 사실이 그러했지."

고개가 끄덕여졌다. 마신의 목소리에는 그러한 힘이 깃들어있었다.

"우리가 여전히 인과율의 큰 그림 안에 머물러 있고, 여기가 끝이라면."

내가 전능을 포기하며 죽음을 인정한 순간부터 마신은 언제라도 나를 끝낼 수 있었다.

지금도 마찬가지.

그는 언제고 나를 둘로 찢어버릴 사신으로 돌변할 수 있기에, 흑천마검은 온몸으로 피눈물을 흘리고 있는 듯했다.

마신의 입에서 그런 흑천마검을 더욱 폭발시킬 말이 이

어졌다.

"무한한 우리가 하나가 되었을 때의 그것을 '인과율'이라고 부를 수 있지 않을까, 생각했다. 우리는 우리를 상대로 싸워왔던 것일 수도 있다."

이제 마신의 시선이 정확히 나를 향해 있었다.

"그렇다면 진정한 끝은 내가 나를 삼키는 것이다. 그래."

그런 마신의 눈은 더 이상 차분해질 수 없을 정도로, 고요하고 잠잠했다.

마신의 입술이 마지막으로 열린다.

"내가."

그리고 닫힌다.

"너를."

             *   *   *

마신의 손끝과 입을 번갈아 쳐다보았다.

지금까지의 굴레와는 달리.

저 조그마한 입이 갑자기 쫙 벌어지며 나를 삼켜버리는 것인가 아니면 저 작은 손으로 나를 찢어버린 다음 나눠진 하나씩을 우적우적 씹어 대는 것인가.

그런데 그때.

저 먼발치에서 터져 나온 것은 결코 탄식이 아니었다.

극에 치달은 분노.

"환장하겠구나!"

흑천마검의 외침이었다.

"누구 마음대로냐……. 선택은 내가 한다……. 그런 건
이 위대한 몸께서…… 하시는 것이다."

마신의 어깨너머 먼 뒤로, 흑천마검은 온몸으로 저항하
고 있었다.

찰나였지만 온 파편들을 부스러기처럼 떨어트리며 이를
갈고 있는 녀석의 모습이 너무나도 크게 들어왔다.

거기는 이미 진행 중이었기 때문에, 안 된다고 외칠 틈
조차 없었다.

녀석을 옥죄고 있는 권능에 맞선 대가는 처절한 고통일
것이나, 녀석의 분노는 제 몸을 갈기갈기 찢어대고 있는
고통보다도 더욱 컸다.

녀석은 비명을 지르지 않았다. 나오려는 그것을 삼키고
또 삼키고.

대신 온몸과 만면으로 악을 쓰며 버티고 있다.

한 걸음도 안 되는 거리를 움직이기 위해서라면, 불구덩이에라도 뛰어들 준비가 끝나 있었다. 그리고 그 결과는 참혹했다.

마신의 고개가 돌아가고, 내가 목소리를 터트리기 위해 입술을 떼던 그 순간.

마침내 흑천마검의 상체가 이쪽을 향해 기울어지고 있었다.

그대로 쏜살같이 튀어나와 마신을 찢거나 삼켜버릴 듯이 보였지만.

벌써 녀석의 사지가 파편으로 날려지며 형체를 잃어가고 있다.

그러니 녀석의 얼굴이라고 온전할 리가 없었다. 쩍 벌려져 있던 녀석의 아가리 또한 보이지 않는 칼날에 처박히고 만 것처럼 짓이겨지고 있었다.

그렇게 흑천마검이 터져버린 것은 한순간이었다.

펑, 같은 소리 따위도 없어서 녀석의 마지막은 너무도 처절했다.

마지막 순간에 보였던 눈빛만이 녀석이 무엇을 외치려는지 짐작케 한다. 녀석은 부르짖고 싶어 했다. 애송아!, 라고.

크고 작은 파편들로 산산조각 났다.

그 순간 나는 절대적인 권능에 의해서 시간이 멈춰버린 듯한 기분이 들었다. 아니, 그랬으면 했다. 그런 다음에 흑천마검을 달랠 수 있던 때로 돌아갈 수 있으면 했다.

하지만 눈앞에서 벌어지고 있는 광경은 옛날을 생각나게 했다. 녀석이 나를 대신해 처음으로 희생했을 때, 녀석은 밤하늘의 별이 되었었다.

지금도 그날의 별들이 쏟아지고 있다.

그런데.

그런데 하나하나가 다 살아있는 것 같이, 일제히 이쪽으로 향하고 있는 게 아닌가.

무너진 밤하늘이 온 세상을 덮어버리듯 혹은 이슬람의 모래 폭풍이 그 땅에 존재하던 모든 걸 휩쓸고 지나가듯.

흑천마검의 온갖 파편들이 우리를 덮쳐버린 것은, 녀석이 저항 끝에 터져 버렸던 직전과 똑같이 지극히 짧은 순간에 이뤄진 일이었다.

아.

그리고 돌이킬 수 없는 그 일이 다 끝나, 정적이 감도는 직후에는 검은 빛깔 한 점이 시선 아래에서 영롱한 빛을 내고 있었다.

가슴에 박힌 조그마한 파편 하나가.

아주 작지만 살아있다.

그때 마신도 시선을 내려트려 뭔가를 응시하고 있었다.

놈의 가슴에도 내 가슴에 박혀있는 것과 비슷한 파편이 박혀 있었다.

*　　*　　*

흑천마검이 내 곁에 있는 미세한 차이로, 종국에는 균형이 틀어질 수밖에 없다는 그 말.

흑웅혈마에게 했던 그 말은 흑천마검을 속이기 위한 거짓말이었다. 하지만 흑천마검은 그 말을 고이 간직하고 있던 것 같았다.

파편이 가슴에 틀어박히며, 그날의 기억이 불현듯 떠오른 것을 보면 말이다.

> "애송아. 네놈이야말로, 네놈 좋을 대로 생각하는구나. 헛소리 말고 숨이나 제대로 쉬거라. 그 약해짐 몸으로 꺽꺽대지 말고."

녀석이 소리쳤다. 합일(合一)이 아니었다. 녀석은 내 안에 여전히 존재해 소리치고 있었다. 감응의 방식으로 말이다.

후욱.

나는 녀석이 시키는 대로 숨을 내뱉었다.

더는 말할 필요가 없었다. 녀석에게서 흘러들어 오는 강렬한 의지가 내 굽은 허리를 펴게 만들었다. 핏물이 눈을 찌르며 들어오는 것이나, 이 육신에 사정없이 나 있던 온갖 상처의 통증들도 느껴지지 않는다.

그때 마신을 볼 수 있었다. 마신도 파편에 감응하고 있다.

그런데 마신에게는 어떤 감응이 일어나고 있는 것일까.

멈춰 선 마신이 고개를 젓는다. 생각하고 싶지 않은 기억이 또 강제로 생각나고 마는지 아주 세차게 흔든다.

내게 틀어박힌 파편은 기적을 일으키고, 마신에게 틀어박힌 파편은 고통을 선사하는 것이다. 인격과 감정을 다 지웠던 마신이 되감아 지고 있다. 직전의 상태로. 인격과 감정을 지우기 전으로.

그때의 인간으로.

"으아아아!"

소리를 내질렀다. 주먹도 함께였다. 마신의 얼굴을 가격했다.

하찮은 일이 아니다. 행위(行爲)가 중요한 것이다.

알고 있지 않은가. 전능자를 죽일 수 있는 건 전능자 본인밖에 없다.

흑천마검이 산화하여 우리 둘의 가슴에 박힌 것으로, 나에게 일깨워 주려던 절대적인 진리가 바로 그것이었다.

본래.

그리고 근본부터가 나와 마신 그리고 흑천마검은 하나라는 진리.

마신의 고개가 휙 돌아가며.

내 앞을 스쳐 지나가는 마신의 두 눈과 눈이 마주쳤다.

거기에서도 보았다.

마신은 파편이 일으키는 감응에 저항하여 인격과 감정을 다시 소멸하려 한다. 하지만 거기에 바로 내 주먹이 틀어박혔다.

돌아갔던 마신의 고개가 반대 방향으로 다시 돌아갔다. 그러고 나서야 마신은 나사 하나가 풀린 기계처럼, 삐거덕거리는 고갯짓으로 나를 제대로 쳐다보았다.

본래 나신으로 있었던 마신이었다. 그런데 지금, 두 번의 공격만으로 피부가 다 날아가 있다.

얼굴 근육이 움직인다. 질긴 힘줄들이 뭉쳐서 만들어진 무리가 수축을 일으켜 턱뼈를 끌어당기거나 놓아준다.

그렇게 마신의 목소리가 흘러나온다.

"이것도 나쁘지 않겠지. 약육강식. 본교의 오래된 지론이지.”

놈의 두 눈에 살기가 어른거렸다. 다시 끄집어내진 인간의 마음.

“약육강식이라니. 너는 그것부터가 틀려먹은 것이다. 그리고 먹고 먹히는 것은 강약이 결정하는 게 아니다. 질긴 의지지. 덧붙여 선택이고.”

의지와 선택.

둘 모두는 흑천마검에게서 나왔다. 녀석이 이뤄냈다. 이 전부를!

그렇게 일갈했을 때, 눈앞에서 섬광 같은 것이 번뜩였다.

명왕단천공이 돌아온 것처럼, 마신이 할 공격이 먼저 보였다.

파편 때문이었다. 나와 놈의 가슴에 틀어박힌 흑천마검이 우리들의 정신을 이어주는 매개체가 되어 있었다.

하지만 나를 위주로 하는 일방통행이란 걸 깨달은 것은, 놈이 행한 공격을 피하며 놈의 얼굴을 가격할 수 있을 때였다. 흑천마검이 내 곁에 있다.

다음번 공격에서 놈의 근육마저 날아갔다. 어떤 것은 덩어리로 떨어져 나가고, 어떤 것은 모래알보다도 작은 형태로 흩어진다.

시간을 얻어맞은 것처럼 놈은 빠르게 삭아가고 있었다.

그제야 놈은 제 가슴뼈에 박힌 파편이 이상 작용을 일으킨다는 것을 깨닫고는, 파편을 빼려 하는 것이었다.

하지만 때는 늦었다. 나는 한번 시작한 공격을 멈추지 않았다.

주먹 한 번에. 발길질 한 번에.

녀석의 골격들이 썩은 나뭇가지처럼 떨어져 나갔다. 그러며 드러난 것은 뇌와 거기에 축 늘어져 붙어있는 척수였다.

파편은 의외로 뾰족하니 길어서, 여전히 놈의 척수 중간에 꽂힌 채로 검은빛을 발하고 있는 중이었다. 그러며 내게 재촉하는 것만 같았다.

멈추지 말라고. 지금이 기회라고.

마지막 공격일 것을 직감했다. 놈과 내게 이어진 통로에서 전해져 오는 느낌이었으며, 흑천마검의 조언이기도 했다.

쾅!

내 주먹이 녀석의 뇌를 때렸다. 기분 나쁘게 미끈거렸던 감촉은 찰나였고, 곧 뜨끈하며 물컹한 것이 주먹 전체를 감쌌다.

놈이 인간이었을 적 구성은 그게 끝이었다.

나머지는 놈의 본연.

여기 전장 반절에도 깃들어 있고, 놈의 본 차원 전부에
도 깃들어 있는 그 모든 게 허공에 떠 있는 파편으로 빨려
들어간다.

어쩐지 인과율이 지르고 있을 비명소리가 들리는 것만
같았다.

하면 어쩌랴. 저기의 파편이 입구라면, 내게 박힌 파편
은 출구인 것을. 인과율, 네가 우리를 처음부터 그렇게 하
나로 만들었지 않았던가.

저쪽의 파편으로 빨려 들어간 것들이 내게로 들어오기
시작한다.

*　　　*　　　*

다 끝났다. 정말.

*　　　*　　　*

"서방님……."

아내의 마지막을 지켜보는 건 언제나 슬픈 일이다. 하
지만 흑천마검이 돌아오고 있었다. 가슴의 통증은 통증이

라기보다는 기대되는 자극이었다. 거기에서 조그마한 파편이 검신의 형태를 만들어 나가며 빠르게 자라났다.

흑천마검은 완전한 검의 형태로 튕겨져 나왔다가, 산발한 검은 머리칼 사이로 녀석다운 눈빛을 일단 번뜩였다.

하지만 내게는 그 눈빛이, 막 산도를 지난 아기의 것처럼 순결하게만 보였다.

녀석이 외침을 터트리려 했던 것도, 내 앞에 가지런히 누워있는 아내를 발견하고는 바로 그만두었다.

"흑천마검 공……."

아내가 흑천마검을 불렀다. 흑천마검은 내게 눈짓으로만 물었다.

뭐가 어떻게 된 것이냐.

"교주님을 잘 부탁합니다. 아시잖아요. 자식들도 손주들도 흑천마검 공을 대신할 수 없는 것을요."

나는 혼란스러워 하고 있는 흑천마검을 대신해 말했다.

"언제 적 교주요. 나는 아주 오래전부터 당신의 남편이오."

매번 지금마다 터져 나오려는 눈물은, 내 목소리 또한 잠기게 만든다.

"그럼요. 제게 당신은 영원한 교주님이고 우리 서방님이지요. 저는 이제 정말로 남은 걱정이 없습니다. 흑천마검 공."

아내가 흑천마검을 또 불렀다. 흑천마검의 대답을 들어
야만 안심이 된다는 듯이, 아내는 흑천마검을 찾아 시선
을 옮겼다.

흑천마검과 아내의 눈이 마주쳤다. 흑천마검은 당혹해
하던 낯빛을 빠르게 지웠다.

"무엇이냐."

"제가 가고 나면 우리 교주님. 잘 위로해 주세요."

"그, 그러지."

"감사합니다. 흑천마검 공."

그 말을 끝으로 아내의 두 눈이 조용히 감겼다. 나는 아
내의 가슴에 얼굴을 파묻었다. 심장 박동이 참으로 느렸
다. 이 미약한 숨소리 또한 곧 꺼질 것이다.

그렇게 아내는 우리가 처음 혼례를 올렸던 날을 추억
하며 마지막을 맞이하는 중이다. 지금은 인세의 기준으로
먼 미래.

인세의 기준으로 현재인 지금도 나는 아내를 바라보고
있다.

지금은 우리가 공식적으로 부부가 되는 첫날이다. 혼례
식 중이다. 전통 혼례복인, 홍의를 입은 아내가 걸어오고

있는 중이다.

흑웅혈마와 색목도왕은 살짝 상기된 내 얼굴을 보고는 농담을 주고받고 있으며, 새색시가 될 아내와의 거리는 조금씩 좁혀지고 있었다.

아내는 정말로 아름다웠다. 나이가 들어서도 미모를 잃지 않는 이유는, 저 사랑스러운 눈매에 있었다. 반달의 눈웃음.

볼 때마다 느껴왔다. 내 심장이 여전히 뛰고 있음을 말이다.

물론 이 아름다운 순간의 방해자가 저 멀리에 있기는 했다.

흑천마검이 지금에서도 두 눈을 부릅뜨고 있었다. 그러다 내가 자신을 쳐다보고 있다는 것을 알고, 목소리를 터트렸다.

"애송아!"

세상이 느릿해진 뒤였다. 극한의 시간대로 진입한 흑천마검이 사방을 눈에 담으며, 내 앞으로 날아왔다.

"이게 어찌 된 일이냐."

"너도 존엄한 영역에서 함께 했었으니, 지금 또한 살아가고 있는 것이다. 하지만 혼란스러워할 것도 없다. 어차피 곧 사라질 능력이다. 너도 나도, 이러한 능력은 더 이

상 필요 없으니 곧 거둬질 것이다."

"놈은. 놈은 어떻게 되었고?"

나는 나?, 하는 식으로 나를 가리켜 보였다. 흑천마검
의 눈빛이 매섭게 돌변하려 했으나, 살짝 찌푸려지는 데
에 그쳤다.

통하지 않는군. 지금 아니고서는 다시는 할 수 없는 농
담인데.

피식 웃었다.

"마신은 나로 하나가 되었다."

흑천마검은 그 말을 제멋대로 받아들였다.

"크크크. 크크크큭."

녀석은 한참을 웃었다. 그러고는 쐐기를 박듯이 기뻐했
다.

"놈을 삼켰구나."

"어훙 하고 말이냐. 하하. 아니다. 본래대로 돌아온 것
뿐이다. 하나인 우리로."

"하나인 우리? 그런 건 관심도 없다. 어쨌든 네놈이 이
긴 것이면 됐다. 이 몸이 그렇게나 보살펴 줬는데, 그것
하나 해내지 못했을 리가 없지."

말은 그렇게 하고 있어도, 녀석은 정말 안심하는 것 같
았다.

돌아와서도 잔존하고 있던 긴장과 전장의 여운이 일제히 쑥 꺼져버린 모양이다. 나를 의식해서 말아 올린 녀석의 입꼬리가 그리도 어색하게만 보였다.

그러다 녀석이 불현듯 떠오른 게 있다는 식으로 나를 빤히 쳐다보았다.

"기억나는구나. 놈이 이상한 소리를 지껄였었지."

"인과율."

"그래. 인과율. 너를 삼키면 자신을 인과율이라고 부를 수 있을 거라던. 그 개소리."

"하하하."

나는 진심을 다해 웃었다. 흑천마검은 그때에도 정확히 보고 있었다. 흔들렸고 그래서 또 겸허하게 당시를 받아들이고 있던 나와는 달리.

"놈의 판단은 제법 그럴싸하지 않았는가."

"그럴싸하긴."

흑천마검은 바로 비웃음을 머금었다. 이번에는 제대로 된 녀석의 웃음이었다.

"나는 흔들렸었다. 솔직히 내 사고도 놈과 비슷한 방식으로 흘러가고 있었지. 그래서 너라도 해방될 수 있다면, 비록 내가 주체가 되지 못하게 된 것쯤은 접어둘 수 있다고 생각했었다."

말을 중간쯤 마쳤을 때, 흑천마검의 표정이 묘했다. 나를 비웃는 것 같기도 하고 화를 터트리려는 것 같기도 했다.

"커다란 대의에서 보면 그랬다는 것이다. 마신과 내 앞에 반복되고 있던 굴레는 더 큰 굴레로 나아가는 연결점으로. 온 천공을 움직이는 거대한 순환의 과정에서, 인과율의 탄생과 끝으로 통한다고 생각했었다."

"웃기는구나!"

맞다. 그 사고는 딱 중간에서 멈췄어야 했다.

"애송아. 인과율은! 인과율은 말이다!"

흑천마검이 고개를 쳐들었다. 하늘을 노려보는 놈의 눈빛은 금방이라도 솟구쳐 올라가, 저 너머에 있는 것들을 다 찢어버릴 기세였다.

그러나 흑천마검도 저 너머에서 보내오는 시선의 정체에 대해 다 알고 있는지라, 씩씩거리며 자기 스스로를 달래기 시작했다.

지금도 저 너머에선 우리를 지켜보고 있다. 온 시선이 느껴지지.

"마지막 전장에서, 인과율이 우리에게 내민 건 위대한 대의도 아니고 장엄한 순환도 아니었다. 제 정체를 숨기기 급급한 미로에 불과했었지. 하지만 마신은 끝내 넘어가고 말았다. 그리고 마신은 마신일 수밖에 없었던 결정적인 차이가 있었지."

"흥."

단언컨대, 흑천마검 일부러 코웃음을 친 게 분명했다. 그 순간만큼은 내 시선을 피하고 있었다.

"마신에게는 없지만, 내게는 그 순간에도 네가 있었다. 흑천마검."

잠깐 어색한 정적이 흐른 게 사실이었다.

정적은 흑천마검이 큭, 하고 몸을 움찔거리며 깨졌다.

흑천마검 또한 더는 필요 없는 온 시간대에 공존할 수 있는 공능이, 거둬지고 있었다. 지금 나도 그랬다.

인세의 기준으로 현재.

아내와 부부로서 행복한 시작을 하고 있지만, 미래에서는 아내의 마지막을 겪고 있다.

그러나 흑천마검이 새로운 이상 현상을 겪으며 반응하고 있는 것처럼, 나도 눈을 깜빡이는 순간순간마다 다른 시간대를 잃어 가고 있었다.

사랑하는 이들의 마지막에 있던 '지금'들이 사라져간다.

그렇게 마지막 눈을 깜박이고 났을 때에는, 눈앞의 광경밖에 보이지 않았다. 홍의를 입고 있는 아내와 우리 부부의 처음을 제 일처럼 기뻐하고 감격에 젖어있는 사람들의 모습들만 말이다.

이제야 비로소 완전한 인생(人生)을 살 수 있게 되었다.

하지만 하나가 남았지.

흑천마검도 그걸 느끼고 있었다. 안달 난 사람처럼 가만히 있지 못하며, 근질거리는 손톱을 까닥까닥거리기에 바빴다.

"크크크크."

흑천마검의 만면에는 곧 인과율의 소중한 것을 찢을 수 있다는 희열과, 내게 그 기쁨을 빼앗길지도 모른다는 불안함이 교차해 있었다.

"멈춰라. 애송이! 이 몸께서 찢을 것이다. 어딜 혼자 감히 하려고!"

녀석이 손톱을 빳빳하게 세우며 빠르게 외쳤다.

그것도 잠깐.

"그렇지. 그래!"

흑천마검이 또 소리쳤다. 녀석의 손톱 끝으로 광휘가 서리기 시작한다.

온 세상을 둘러싸고 있는 틀, 이 감옥의 벽과 창을 다 부수고 뜯어버릴 수 있는 완전한 힘. 인과율을 능가하는 전능.

나는 녀석에게도 그 힘을 건넸다.

당연하다. 애초에 녀석이 이룬 업적이며 영광이지 않은가.

"같이 하지."

"그것도 나쁘지 않지. 크크크."

흑천마검은 이빨이 다 드러나도록 웃었다.

"드디어, 드디어. 오늘이 오는구나. 저것들의 시선. 정말 짜증 나. 환장해 죽는 줄 알았다. 아니 그러하느냐. 애송아!"

나는 고개를 저었다.

"끝까지 잘난 척이냐. 어쨌든 애송아!"

흑천마검이 나를 부르짖었다. 자신은 준비가 되었다는 것이다.

나도 좌우로 저었던 고개를 위아래로 끄덕였다. 나도 준비가 되었다.

우리는 서로를 향해 외쳤다.

"찢어라!"

온 세상을 둘러싸고 있는 틀이 있다.

인과율이 온 세상을 창조하면서 자연히 만들어진 틀로, 그 너머는 틀에 가로막혀 보이지 않는 미지의 영역이었다.

너희들의 정체를 알고 있었지만, 제대로 볼 수 있는 건 지금이 처음이다. 그래.

보인다.

너희들이.

내가 그립겠지.

허나 다신 나를 볼 수 없을 것이다. 내가 너희들을 지켜 볼 것이다.

<완결>

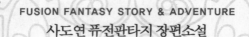

FUSION FANTASY STORY & ADVENTURE

사도연 퓨전판타지 장편소설

신세기전

이전에는 보지 못한 새로운 판타지
눈부신 신의 세계가 눈앞에 펼쳐진다!

사도연이 보여 주는 퓨전 판타지 장편소설!

dream
books
드림북스

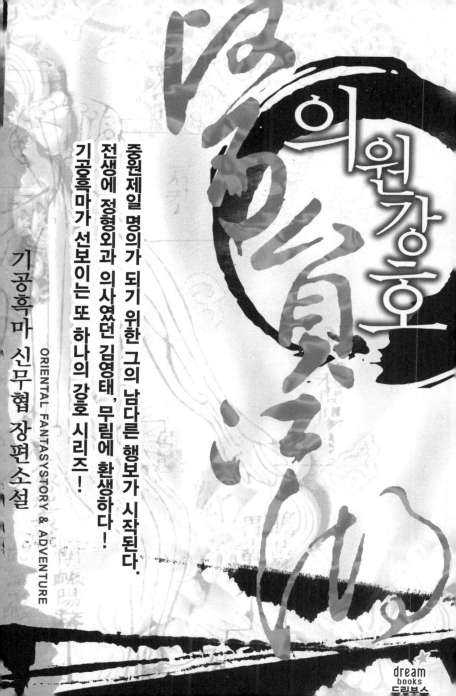

의원강호

중원제일 명의가 되기 위한 그의 남다른 행보가 시작된다.

전생에 정형외과 의사였던 김영태, 무림에 환생하다!

기공흑마가 선보이는 또 하나의 강호 시리즈!

기공흑마 신무협 장편소설

ORIENTAL FANTASYSTORY & ADVENTURE

dream
books
드림북스

龍劍仙

용제검전

윤민호 신무협 장편소설

ORIENTAL FANTASY STORY & ADVENTURE

『악제자』, 『용맹마도』의 작가!
윤민호 신무협 장편소설

몰락한 작은 무문에서 맺어진 기이한 인연(因緣),
천하를 격동시킬 전설은 그렇게 시작되었다!

drea
book
드림북